Between Chang'an and Lhasa

—Notes of 2014 Expedition about Acient Roads between Tang Dynasty and Bod Regime

从长安到拉萨

2014唐蕃古道考察纪行

陕西省考古研究院
甘肃省文物考古研究所
青海省文物考古研究所 编
四川省文物考古研究院
西藏自治区文物保护研究所

上海古籍出版社

图书在版编目(CIP)数据

从长安到拉萨：2014唐蕃古道考察纪行／陕西省考古研究院等编.—上海：上海古籍出版社，2017.4
ISBN 978-7-5325-8361-4

Ⅰ.①从… Ⅱ.①陕… Ⅲ.①纪实文学—中国—当代
Ⅳ.①I25

中国版本图书馆 CIP 数据核字(2017)第 038596 号

从长安到拉萨:2014 唐蕃古道考察纪行
陕西省考古研究院等　编
上海世纪出版股份有限公司
上 海 古 籍 出 版 社　出版
(上海瑞金二路 272 号　邮政编码 200020)
(1)网址:www.guji.com.cn
(2)E-mail:guji1@guji.com.cn
(3)易文网网址:www.ewen.co
上海世纪出版股份有限公司发行中心发行经销
上海丽佳制版印刷有限公司印刷
开本 787×1092　1/16　印张 17　插页 4
2017 年 4 月第 1 版　2017 年 4 月第 1 次印刷
印数:1—1,800
ISBN 978-7-5325-8361-4
K·2294　定价:198.00 元
如有质量问题,请与承印公司联系

2014唐蕃古道考察路线

格尔木

青

通　　　　天

唐古拉山

巴颜

河

玉树

那曲

西

当雄

念青唐古拉山

拉

萨　　　河

墨竹工卡

工布江达

藏

怒

昌都

帮达

拉萨

林芝

八宿

雅

乃东

鲁

波密

布

藏

江

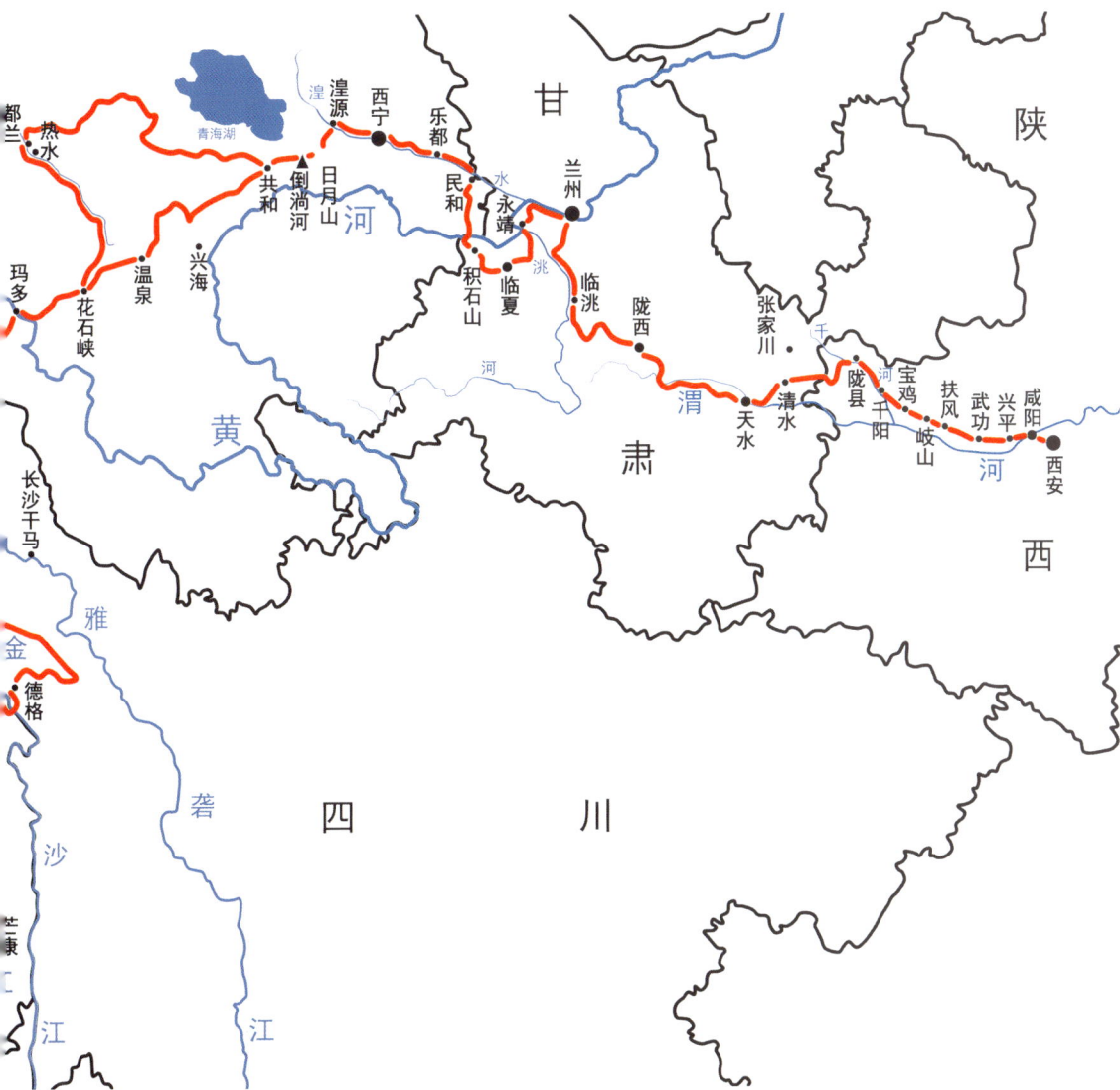

甘 肃

陕

青海湖

湟源 西宁 乐都 民和 兰州 永靖 临夏 临洮 陇西 张家川 清水 天水 宝鸡 扶风 武功 兴平 咸阳 西安

都兰 热水 共和 日月山 倒淌河 河 积石山

玛多 温泉 兴海 黄 河

花石峡

长沙千马

金 德格

雅 砻 江

四 川

沙 江

渭 河

千阳 岐山 陇县

前　言

　　将唐王朝与吐蕃之间的通道称为"唐蕃古道"是20世纪后半叶的事情，一经传播，广为人知，学术界则多称"吐蕃道"。 最早记载唐朝与吐蕃之间交通的史料是道宣《释迦方志》、慧超《往五天竺国传》、义净《大唐西域求法高僧传》、《新唐书·地理志》等几种，其中《新唐书·地理志》记载稍详，从鄯城（西宁）至逻些（拉萨）之间的行程、驿站和里数基本具备。除此之外，还有散见于正史、典志、诗文的相关记载亦可资参考。20世纪以来，中外学者对这条古道多有研究，如中国学者吴景敖《西陲史地研究》、严耕望《唐代茂州西通吐蕃两道考》、范祥雍《唐代中印交通吐蕃一道考》等，日本学者佐藤长《唐代青海至拉萨间的道程》、足立喜六《唐代吐蕃道》等。其中佐藤长氏著述中附有地图，标注出道路走向与途经地点，首次将线路标定在现代地图上。

　　近几十年，唐蕃古道成为中古史地研究的热点，论著迭出，不乏新见。然而山河依旧，地名数易，加之沿途各地汉、藏、蒙族语混杂，古今殊异，地名考订、路线探寻均困难重重，不少区段走向和地名歧义颇多，不易定论。1983年至1986年，青海省博物馆、青海省文物考古研究所等单位联合组队，对唐蕃古道进行实地考察，尤其注重对沿线古代遗迹的调查与记录，有不少新的发现。之后撰写出版了《唐蕃古道考察记》《唐蕃古道》两书，集中体现了考察所得与研究成果。两书均附有"唐蕃古道路线示意图"，大体勾勒出路线走向及沿途地名。

20世纪末以来，各种古代道路的考古调查活动在中国西部陆续展开。其中有新疆"玉石之路""大海道""罗布泊-阿尔金山丝绸之路"，陕西"秦直道""褒斜道""傥骆道"，四川"茶马古道""五尺道""米仓道""荔枝道""盐运古道"以及川陕之间的"蜀道"调查等。新的考古发现充分显现了考古调查在古道路研究方面不可或缺的作用。鉴于此，2013年，经陕西、甘肃、青海、四川、西藏五省（区）文物考古研究院（所）多次协商，决定联合组队，对唐蕃古道进行全程考察，并希望以此为开端，为申报大项目作准备，从考古遗迹的调查着手，寻找实证，廓清唐蕃古道主线及各支线的具体走向，甚或可以解决一些悬而未解的问题。

唐蕃古道并非只有一条线路，实际上是一个包括多条线路的道路网。有学者总结："吐蕃向外迁徙之路线有二：其一，向东迁徙，以四川盆地的西缘为极限；其二，向东南迁徙，以云南东北部的丽江为极限；其三，向东北迁徙，为藏人外移最多之路线，即向川甘边区、河西走廊至黄河中上游等地。"[1]这三条路线除了通往黄河中上游的线路引起学界较多关注，其余则应者寥寥。近年丝绸之路研究热潮滚滚，加之考古新发现层出不穷，除唐蕃古道之外，吐蕃通往新疆、中亚、西亚的通道也开始为学界所关注。不少学者认为，唐蕃古道以及与此连接的吐蕃至泥婆罗（尼泊尔）的蕃尼古道是唐王朝交通印度的重要线路之一，也是丝绸之路的重要组成部分。此一认识几成学界共识。

此次考察驱车万里（6 500余千米），而时间不足一月，仍属走马观花，但还是真实感受到青藏高原古代交通的艰险，对历史文献记载也有了更深的理解。特别是实地考察近几十年在青海、四川、西藏的一些考古新发现，并将这些遗迹相关联，为我们进一步探寻古道路网的走向提供了新思路。尽管此次五省（区）联合考察只是一个开端，后续的各段线路考古调查尚未展开，我们还是考虑将考察资料悉数公布，为今后的考古调查提供基本的线索和基础资料。

此次考察得以成功，实赖五省（区）各文物考古院（所）鼎力支持，考察队同仁通力合作，沿途各地市、县政府和文物部门大力襄助，在此一并表示诚挚谢意！

张建林

---

〔1〕 蒋君章：《中国边疆与国防》，（台北）黎明文化事业公司，1977年，242～243页。

目 录

前　言 ·· *001*

第一部分　唐蕃古道概说 ··· *001*

第二部分　开始篇 ··· *013*
　　一、活动缘起及前期准备工作 ································ *015*
　　二、参与人员与学科构成 ····································· *016*
　　三、考察路线与日程 ··· *020*

第三部分　陕西段 ··· *023*
　　一、西安新闻发布会与出发仪式 ···························· *025*
　　二、路线特点与考察纪要 ····································· *028*
　　三、主要考察点图文介绍 ····································· *029*

第四部分　甘肃段 ··· *043*
　　一、路线特点与考察纪要 ····································· *045*
　　二、主要考察点图文介绍 ····································· *046*

第五部分 青海段 *071*

一、路线特点与考察纪要 *073*

二、主要考察点图文介绍 *074*

第六部分 四川段 *135*

一、路线特点与考察纪要 *137*

二、主要考察点图文介绍 *137*

第七部分 西藏段 *167*

一、路线特点与考察纪要 *169*

二、主要考察点图文介绍 *170*

三、拉萨总结会 *232*

第八部分 考察风采 *235*

参考文献 *254*

后 记 *258*

第一部分
唐蕃古道概说

"唐蕃古道"即唐蕃驿道，是公元7～9世纪中原唐王朝与西藏高原吐蕃王朝政治、经济、文化交流的交通孔道。单从唐蕃使者往来看，见于《两唐书》《唐会要》《册府元龟》等史籍记载的，就达200余次之多。除出使活动外，发生在这条道路上的贸易往来、宗教传播、军事冲突亦甚为频繁。另外，唐蕃古道也是丝绸之路南道路网的重要组成部分，更是连结中原王朝与尼泊尔、印度的重要桥梁。

　　已有的考古资料显示，雪域高原自史前开始就不是一个完全封闭的空间，西藏新石器时代的遗迹便显示出和西北、西南诸考古学文化的密切联系。进入历史时期，随着人类活动范围的扩大，特别是羌人在先秦两汉间对河湟地区的经营以及南北朝时期吐谷浑在青海一带的发展，使得内地与青藏高原的联系日趋紧密。鉴于河湟屏障陇右、拱卫河西的突出地位，中原王朝经略西北，必须重视这一地区。可以说，唐代以前，内地同河湟、河湟同西藏的交通道路已基本定型。

　　公元7世纪前期，松赞干布定都逻些（拉萨市）建立吐蕃王朝，并于贞观八年（634年）遣使长安（西安市），从此拉开了唐蕃关系的序幕。有唐一代，双方在诸多领域互动频繁，出现了"金玉绮绣，问遣往来,道路相望,欢好不绝"[1]的动人局面。作为一座联通汉藏民族的"黄金桥"——唐蕃古道就这样形成了。

二

中外学者论及"唐蕃古道"大同小异,所依汉文文献不外唐蕃使臣往来及两次唐公主入蕃的相关记载。一般而论,古道以唐鄯州鄯城(西宁市)为界,分东(唐域内道程)、西(蕃域内道程)两段。

长安至鄯州的东段道路大体选择了丝绸之路南线的走向。汉张骞从大夏返回长安"并南山,欲自羌中归",北魏僧人宋云、惠生东至塔里木盆地南缘鄯善和于阗王国,再去往中亚和印度,行走的大致都是这条道路。由长安沿渭水北岸西行,越陇山经陇西到临洮,或北上兰州、登乌鞘岭至武威与北道合,或西北行经临夏,渡黄河入青海省境至西宁,大致线路为长安(西安市)——凤翔(凤翔县)——陇州(陇县)——秦州(天水市)——渭州(陇西县)——临州(临洮县)——兰州(兰州市)/河州(临夏市)——鄯州(乐都县)。

具体线路依次为:

其一,出长安开远门(西安市西郊大土门村),历临皋驿(大土门村西北)、三桥(西安市三桥镇)、望贤宫(西咸道渭水桥南岸)、咸阳县陶化驿(咸阳市东)、温泉驿、始平县槐里驿(兴平市)、马嵬驿(兴平市马嵬坡)、望苑驿(或为武功县驿)、扶风县驿(扶风县)、龙尾驿、岐山县石猪驿(岐山县)至凤翔府(凤翔县)。

其二,出凤翔府,历汧阳县驿(千阳县)至陇州治所汧源县(陇县)。

其三,出陇州治所汧源县,历陇山大震关(唐大中初废,东移三十里筑安戎关。大震关关址在陇县固关镇西南关山沟的二桥,安戎关关址在陇县曹家湾镇一带)、小陇山分水岭驿(大震关西)、弓门寨、清水县(清水县)至秦州治所上邽县(天水市)。

其四,出秦州治所上邽县(天水市),历伏羌县(甘谷县)、落门川、陇西县(武山县)至渭州治所襄武县(陇西县)。

---

[1]《全唐文》卷二一《敕与吐蕃赞普书》。

其五，出渭州治所襄武县，历渭源县（渭源县）、武阶驿至临州治所狄道县（临洮县）。

其六，临州历兰州（兰州市）至鄯州（乐都县）的道路，不为正驿官道，故弗详考。出临州治所狄道县，历大夏县大夏川驿（广河县）至河州治所枹罕县（临夏市）。

其七，出河州治所枹罕县，历凤林县凤林关、漫天岭（小积石山）、龙支县（古鄯盆地北古城遗址）、鄯州治所湟水县（乐都县）至唐边州最西县鄯城（西宁市）。

唐蕃古道的西段旅程，《新唐书·地理志·鄯州》鄯城条有详细记载，为鄯城（西宁市）——大非川（共和县）——众龙驿（称多县）——截支桥（玉树县）——野马驿（聂荣县）——阁川驿（那曲县）——农歌驿（拉萨市羊八井镇）——逻些（拉萨市）。

具体线路依次为：

其一，出鄯城（西宁市），历临蕃城（隋临羌城，遗址位于西宁市西哆吧镇）、绥戎城（湟源县北古城遗址）、定戎城（绥戎城东六十里）、石堡城（吐蕃云铁仞城，遗址位于西宁市西南哈喇库图石城山）、赤岭（日月山）至大非川（共和县）。唐代史籍关于赤岭至大非川道路走法有二，一如《释迦方志》之载，西经青海（青海湖）、吐谷浑国都伏俟城（共和县）、曼头山（青海南山）抵达；二是走苦拔海（尕海）道，此道经青海南山沟道而行，中历尉迟川（南山沟道北端的倒淌河镇地区）、苦拔海、王孝杰米栅（共和县东巴乡）、莫离驿（共和县东巴乡）、公主佛堂（共和县恰卜恰镇）至大非川驿。

其二，出大非川驿，历那录驿（兴海县大河坝乡）、暖泉驿（兴海县大河坝乡）、烈谟海（苦海）在今之黄河沿渡黄河至众龙驿（称多县）。

其三，出众龙驿，渡西月河（扎曲大河）入多弥国（役属吐蕃，以玉树巴塘草原为中心，奄有玉树县东部大部）西界，历牦牛河（通天河）、列驿（玉树县结隆乡）、食堂、吐蕃村、截支桥（玉树县子曲河谷）至婆驿（扎多县子野云松多）。

其四，出截支川，历大月河桥（扎曲）、潭池、鱼池、悉诺罗驿（杂多县西）、乞量宁水桥（当曲）、大速水桥（索曲北源南岸）、鹘莽驿（索曲北源）、鹘莽峡（索曲北源上游峡谷）至野马驿（聂荣县）。

其五，出野马驿，历吐蕃垦田（聂荣县白雄乡）、乐桥汤（陇雀湖）至阁川驿（那曲县）。

其六，出阁川驿，历恖谌至海、蛤不烂驿（那曲县桑雄镇）、突录济驿（桑曲桥以北）、柳谷（当曲谷地）、莽布支庄（当曲谷地）、汤罗叶遗山（念青唐古拉山峰）、赞普祭神所（念青唐古拉山脉南麓）、农歌驿（拉萨市羊八井镇）至逻些（拉萨市）。

三

应当注意到，唐蕃古道玉树经藏北至拉萨这一段发现的吐蕃遗迹很少。与之相对的是，考古工作者在玉树以南的四川西部金沙江、雅砻江两岸则陆续发现了较多吐蕃时代的摩崖刻铭、墓葬、遗址与佛教造像。它们在空间上可以与西藏东部雅鲁藏布江流域吐蕃时代的遗存相接，进而使学术界最终确认了这条唐蕃古道的重要分支线路。这一认识大大扩展了古道所涉及的地域范围和文化内涵，可谓唐蕃古道研究的重大进展。

从青海玉树至四川石渠，再至西藏江达、昌都、察雅、芒康，南北贯通，更有林芝第穆萨摩崖碑铭、工布江达洛哇旁卡摩崖造像，东西呼应，似乎形成了一条同唐蕃古道并存的佛教文化传播路线。它以青海玉树为节点，南连南诏，西通吐蕃腹地，北接丝绸之路。这条通道在清代仍为进藏官道之一，并延续至今。

基于上述原因，本次考察路线自共和向西进入吐谷浑、吐蕃曾经活动并留存大量遗迹的都兰，考察了都兰热水墓葬、遗址群、吐蕃佛教造像，之后向东南折返，经兴海、称多到玉树，沿途考察墓葬、佛教造像等。出玉树后离开传统的唐蕃古道路线，进入四川石渠境内，对金沙江及其支流雅砻江沿岸的吐蕃佛教造像进行了考察，并经川藏交界处的德格从西藏东部入藏，自东向西依次考察金沙江、澜沧江、雅鲁藏布江流域江达、察雅、芒康、林芝、工布江达等地的相关遗址、墓葬、佛教遗存，最后到达拉萨。从地理位置来看，本段路线可以作为唐蕃古道的西南支线。

四

结合文献记载与考古发现，可以看出唐蕃古道在空间范围上涉及陕西、甘肃、青海、四川、西藏五个省区。陕西段由西安至陇县，是唐蕃古道的起始部分。它包含了唐蕃古道的起点唐长安和关中西部的重要屏障——大震关。甘肃段由天水至兰州再至临夏，走向大体同于丝绸之路在该区域内的线路,其中所途经的唐陇右诸州无疑是长安西部的重要屏障。青海段由民和经西宁至玉树。该区域自汉代张骞凿通西域以来,一直是丝绸之路南线上的重要枢纽,相继受西羌、吐谷浑、吐蕃等民族控制。因地处要冲,历来是中原王朝与控制该地区的民族政权争夺丝路控制权的焦点。四川段由石渠至德格。本段路线是近年通过考古发现逐步确认的唐蕃古道支线,填补了玉树至藏东之间吐蕃时期交通路线的空白。西藏段是唐蕃古道的终结部分,大略分为南北两条支线。北线由那曲至拉萨;南线大体有两条,一是自东向西由江达入昌都,经洛隆、边坝、嘉黎、工布江达进入拉萨;二是自南向北经过芒康、察雅、昌都后,与前述路线合并,最后进入拉萨。北线见诸文献记载,南线则发现有大量考古遗存,两者最终在拉萨——吐蕃王朝首都逻些会合。

TSHWAHI HDAM

◦Tarum

Hbri ch◦

Hbri chu

Caki'urtu 'oul

Qulan-i 'oul

Rdsa dkar Stag la

Dolu'an ba'atur◦

Sayin
quddu'-un
na'ur

◦Hbri ch

Yeke a'dam 'oul

Bkra çis

◦A rds

Rdsa nag
lun rmugs la

阿雲水 ◦A rds

Rdsa nag chu

Rdsa nag la

L D A N   L A

Brag dkar mo

Bayan dkar mo

Bum chu

Sog chu

A mdo
mtsho nag

Chu dkar mo (鶴菲峡)

Çag chu

Hbog chu

Sog rdson

(野馬駅)

Qulan 'oul

Nag   chu

Nag chu kha

Mtsho loṅ kyog
(Loṅ kyog thaṅ)

Chu dkar mo (閣川駅)

GNAM MTSHO
(TENGGERI NA'UR)

Bsam grub rtse

Sgar hbrog tala

Rta rdsi ri

gaṅs ri

Gñan chen thaṅ lha

Gñan chen Spring

Hdam la

ñal sgan la

Gñan chen thaṅ

Na dkar mo

Juṅ chu

Rba kloṅ
sgan chu (?)

Stod luṅ chu

吐蕃土夏牙

Mal gro chu

LHASA

Chu kha

Bu gliṅ

Tshe mchog gliṅ (仏堂)

△ Küderi aɣula

Buqa (~yin) ɣoul

青海
KÖKE NAɣUR

湟水

日 月

湟源县
赤城
Qara kötül
西宁县
郦城县

Čaɣan usu · Muqur bulaɣ??

Dabusu naɣur (塩池)
Dabusu ɣoul
Baraɣun
Duran

Balaɣun aɣula
Bayan naɣur (苦拔海)
石堡城

Čaɣiji (大非川)
Kun dgaḥ naɣur
莫離駅 (英離)
正(公主仏堂)
Nar (邠録駅)

黄河
贵德县
Širɣol (Man ra chu)
贵南县

TOSUN NAɣUR

TÖLÜGE NAɣUR
温泉(暖泉)
Čo ro la

蕃 道

ODUN TALA
SŇO RENS NAɣUR
SKYA RENS NAɣUR
Orungɣu tala (Ḥbri mog than)
Rma mdo

黄 河

BAYAN QARA AɣULA

官 道
門

Sa dkar chu
濱水
Sa dkar dgon pa
(衆竜駅)
咱曲

白 黄 河

黄 河 蘭

Muroi usu
(列駅)
藝水
尼拉山
玉樹
弥
chu

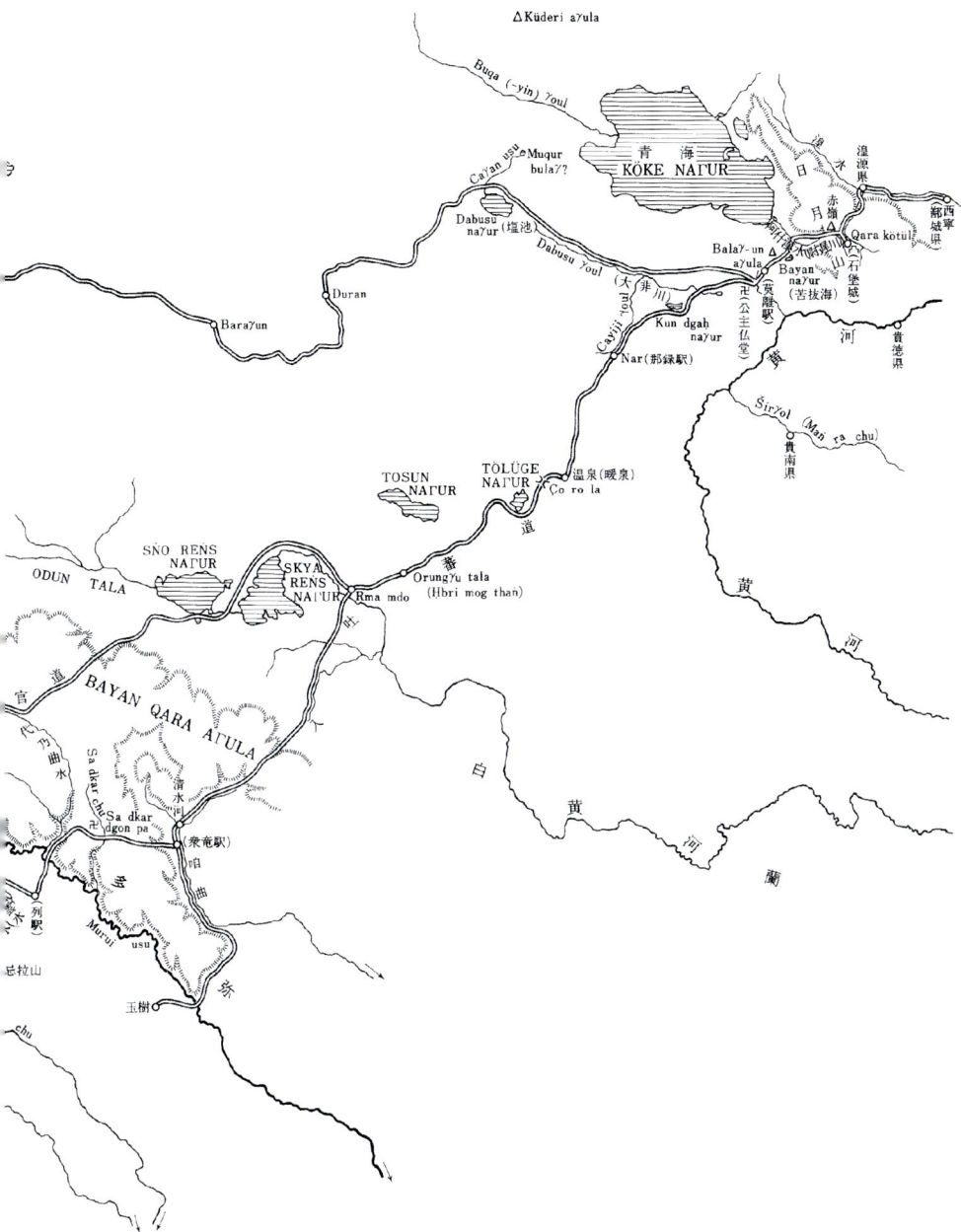

佐藤长唐蕃古道路线图(《西藏历史地理研究》附图，1978 年)

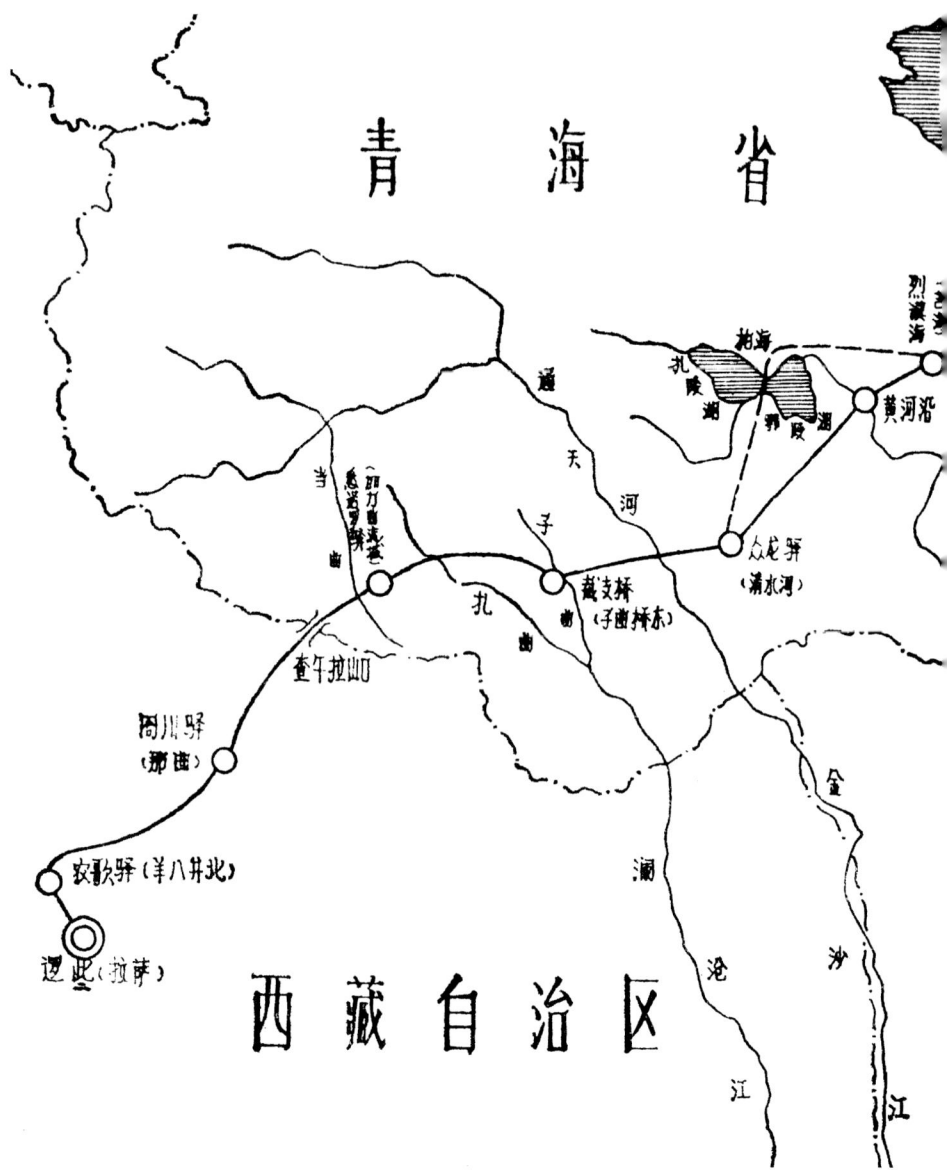

陈小平唐蕃古道路线示意图（《唐蕃古道》附图，1989年）

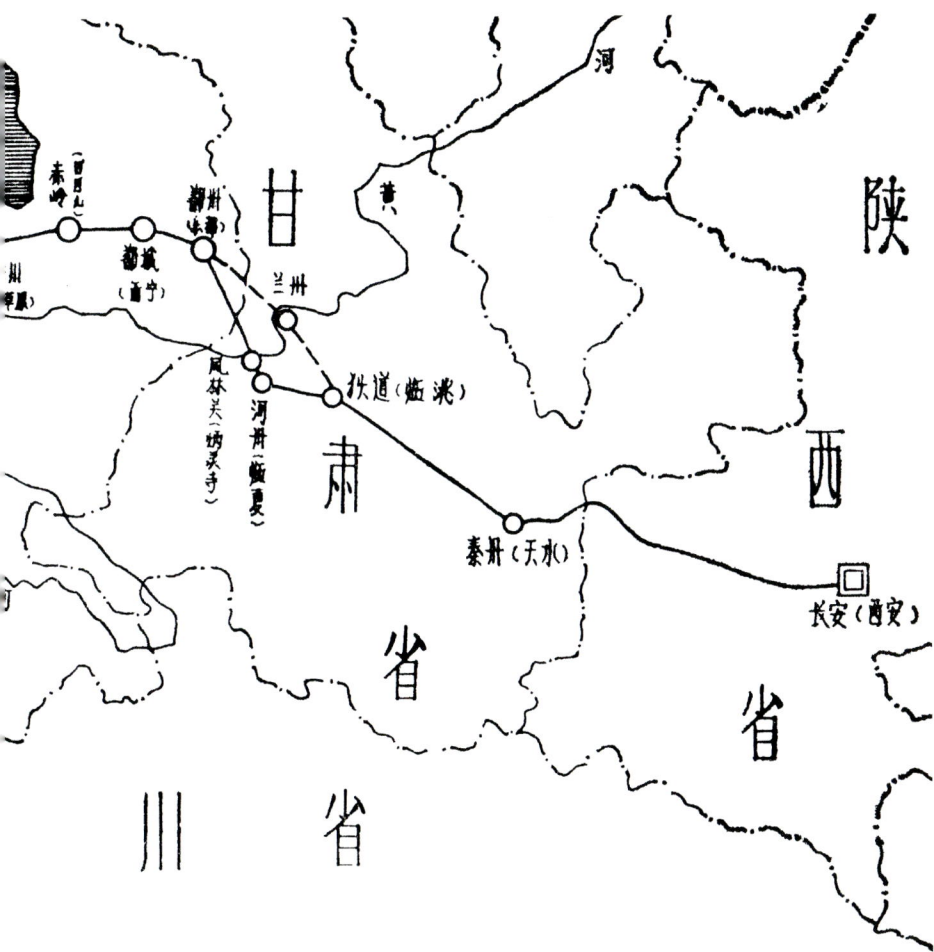

陕西省

甘肃省

四川省

河

黄河

兰州

狄道（临洮）

秦州（天水）

长安（西安）

河州（临夏）

凤林关（炳灵寺）

狄（音宁）

鄯州

赤岭（日月山）

第二部分
开 始 篇

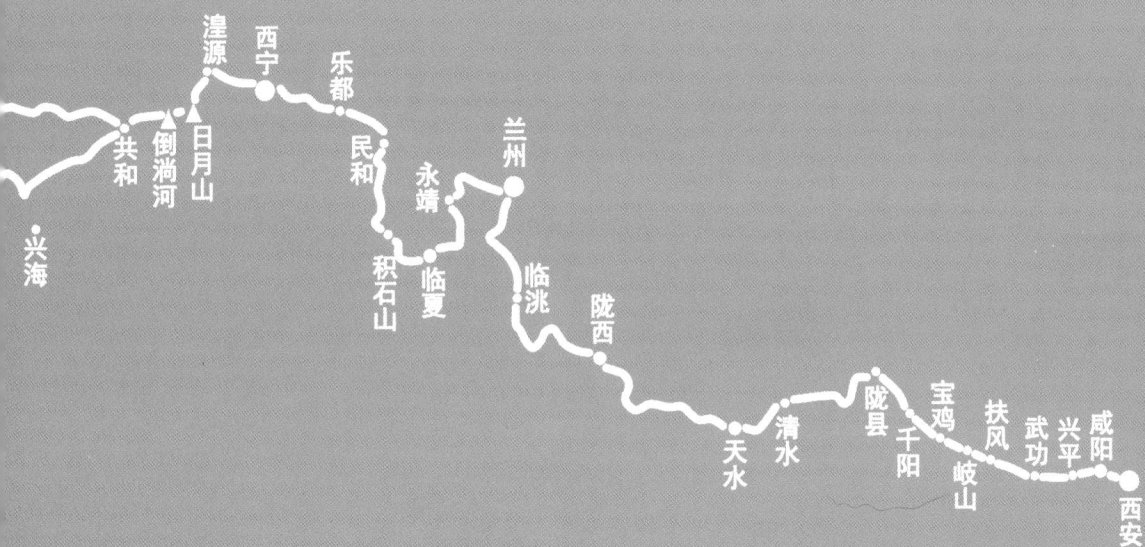

兴海 共和 倒淌河 日月山 湟源 西宁 乐都 民和 积石山 临夏 永靖 兰州 临洮 陇西 天水 清水 陇县 千阳 宝鸡 岐山 扶风 武功 兴平 咸阳 西安

一、活动缘起及前期准备工作

近年来，伴随"丝绸之路"文化遗产保护和申遗工作的逐步实施，以陕西"秦直道"、四川"米仓道"、川滇"五尺道"、川藏滇"茶马古道"、川西民族走廊等为代表的古代交通路线考察与研究项目相继启动，并取得了丰硕的学术成果。为更好地保护、传承唐蕃古道这一历史遗产，古道沿线的陕西、甘肃、青海、四川、西藏五省（区）考古研究院（所）决定联合举办此次"唐蕃古道考察"活动。

2013年12月22日，陕西省考古研究院、甘肃省文物考古研究所、青海省文物考古研究所、四川省文物考古研究院、西藏自治区文物保护研究所在四川成都召开2014年唐蕃古道考察筹备会，决定于2014年5月下旬至6月上旬正式开展考察活动。考察按照唐蕃古道的线路依次途经陕西、甘肃、青海、四川、西藏五省（区），参与的五家单位各派业务人员2～3人，并邀请国内外相关领域的专家参与。考察总负责人为陕西省考古研究院张建林研究员，各单位院（所）长为各省区考察负责人。

2014年5月上旬，四川省文物考古研究院高大伦院长赴陕西省考古研究院，与考察总负责人张建林研究员就考察活动的路线、文物点、日程、程序等进行协商，并与甘肃、青海、西藏三省（区）的所长进行了沟通。5月上旬至中旬，四川省文物考古研究院陈苇、李飞与陕西省考古研究院席琳负责五省区考察人员信息收集、路线与文物点信息资料汇总、活动日程安排、后勤与医疗保障等前期准备工作，并将上述信息资料汇编成活动手册。

二、参与人员与学科构成

本次联合考察队主要由五省（区）考古院（所）的考古专家组成，同时邀请中国国家博物馆、美国科罗拉多大学、英国爱丁堡大学相关领域的研究人员参与，学科领域涵盖了隋唐考古、西藏考古、佛教考古、丝绸之路考古、航空遥感考古、藏传佛教艺术史、古代交通史、人类学等，计划从考古学、历史地理、交通史、艺术史、宗教学、民族学、人类学、社会学等多个专业角度对唐蕃古道进行较为全面的考察。

考察队成员简介：

张建林，生于1956年4月，现为陕西省考古研究院研究员，主要从事唐代帝陵考古、西藏史前考古、吐蕃王朝时期考古与古格王国时期考古研究。

杨　林，生于1957年4月，现为国家博物馆综合考古部主任、研究员，主要从事遥感与航空考古、秦汉考古与丝绸之路考古研究。

王炜林,生于1957年10月,时任陕西省考古研究院院长、研究员,现为陕西历史博物馆副馆长,主要从事史前考古研究。

王小蒙,生于1964年9月,现为陕西省考古研究院副院长、研究员,主要从事隋唐考古与陶瓷考古研究。

王　辉,生于1964年11月,现为甘肃省文物考古研究所所长、研究馆员,主要从事新石器时代考古、早期秦文化与中西交通史研究。

任晓燕,生于1956年4月,现为青海省文物考古研究所所长、研究员,主要从事青藏高原史前考古研究。

高大伦，生于1958年8月，现为四川省文物考古研究院院长、研究员，主要从事夏商考古与秦汉考古研究。

哈比布，生于1969年2月，现为西藏自治区文物保护研究所所长、研究员，主要从事文物保护规划与西藏考古研究。

席　琳，生于1981年10月，现为陕西省考古研究院助理研究员，主要从事西藏史前考古与吐蕃佛教考古研究。

张俊民，生于1965年2月，现为甘肃文物考古研究所图书资料室主任、副研究馆员，主要从事简牍学与丝绸之路史研究。

宋耀春，生于1973年7月，现为青海省文物考古研究所副研究员，主要从事古建筑保护研究。

蔡林海，生于1971年5月，现为青海省文物考古研究所助理研究员，主要从事青藏高原史前考古研究。

李　飞，生于1985年10月，现为四川省文物考古研究院助理馆员，主要从事汉唐考古研究。

夏格旺堆，生于1973年11月，现为西藏自治区文物保护研究所考古研究室主任、副研究馆员，主要从事西藏新石器时代至吐蕃时期考古、佛教考古与西藏文化史研究。

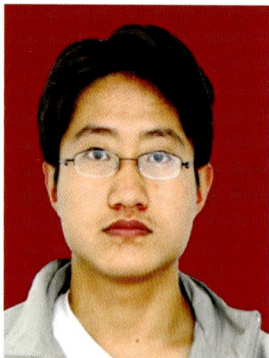

尼玛加措，生于1986年3月，现为西藏自治区文物保护研究所助理馆员，主要从事西藏佛教考古研究。

姚　霜，生于1990年3月，现为英国爱丁堡大学藏学专业博士研究生，主要从事藏传佛教绘画史研究。

高久媚，生于1993年6月，现为美国科罗拉多大学文理学院人类学专业本科生，主要学习体质人类学。

三、考察路线与日程

本次考察活动于2014年5月26日在西安开始，至2014年6月18日在拉萨结束，共计24天，行程6 500余千米，具体路线和日程如下：

考察进程	考察日期	考察路线	日　程　安　排	所属省份
第1天	05-26	西安市	人员集中、新闻发布与动员会	陕西
第2天	05-27	西安市	大唐西市遗址、大明宫遗址	
		兴平市	马嵬驿	
		凤翔县	亭子头	
第3天	05-28	陇县	大震关	甘肃
		天水市	麦积山石窟、伏羲庙（天水市博物馆）	
第4天	05-29	陇西县	鸟鼠山分水岭	
		临洮县	哥舒翰纪功碑	
		兰州市	大长岭吐蕃墓葬（甘肃省博物馆）	
第5天	05-30	永靖县	凤林关、炳灵寺石窟	
		积石山县	积石关、临津渡	
第6天	05-31	积石山县	石佛寺石窟	青海
		民和县	喇家遗址、龙支故城遗址	
		乐都县	柳湾墓地	
第7天	06-01	西宁市	青海省文物考古研究所与青海省博物馆	
第8天	06-02	湟源县	湟源县博物馆及唐蕃分界碑碑首、柏林嘴古城遗址、石堡城遗址、营盘台遗址、北古城遗址	
第9天	06-03	湟源县	唐蕃分界碑	
		共和县	铁卜恰古城遗址	
第10天	06-04	都兰县	热水墓地与官却和遗址	
第11天	06-05	兴海县、玛多县	那录驿、暖泉驿、烈漠海、花石峡	
第12天	06-06	玉树州	玉树地区吐蕃摩崖造像与汉文、古藏文题记	

（续表）

考察进程	考察日期	考察路线	日 程 安 排	所属省份
第13天	06-07	石渠县	松格嘛呢石经城、须巴神山摩崖造像与古藏文题记、阿日扎吐蕃墓葬、雅砻江吐蕃墓葬、"科考石渠——重走唐蕃古道公众考古会"	四川
第14天	06-08	石渠县	俄热寺、照阿拉姆摩崖造像、旺布洞吐蕃墓葬、孜莫拉扎遗址、烟角村摩崖造像	
		西邓柯村	西邓柯摩崖造像	西藏
第15天	06-09	德格县	德格印经院	四川
第16天	06-10	昌都	瓦拉寺、强巴林寺、小恩达遗址	
第17天	06-11	昌都	卡若遗址	
		察雅县	向康大殿与圆雕造像	
第18天	06-12	左贡县芒康县	邦达草原、澜沧江峡谷	
第19天	06-13	芒康县	盐井盐田、查果西沟摩崖造像、天主教堂	
第20天	06-14	八宿县	怒江峡谷	西藏
第21天	06-15	波密、林芝	雅鲁藏布江流域	
第22天	06-16	林芝	雍仲增古藏文石刻、洛哇旁卡摩崖造像、太昭古城	
第23天	06-17	拉萨市	查拉鲁普石窟、布达拉宫、达扎路恭纪功碑、唐蕃会盟碑、大昭寺	
第24天	06-18	拉萨市	拉萨总结会	

第三部分
陕 西 段

兴海 共和 倒尚河 日月山 湟源 西宁 乐都 民和 永靖 临夏 积石山 兰州 临洮 陇西 天水 清水 陇县 千阳 宝鸡 岐山 扶风 武功 兴平 咸阳 西安

一、西安新闻发布会与出发仪式

2014年5月26日下午，五省（区）考察团成员与部分特邀人员齐集西安，在亚朵酒店西安大唐芙蓉园店召开了新闻发布会与动员会，中央电视台及陕西新闻媒体现场采访，对此次活动进行了宣传。四川省文物考古研究院高大伦院长与陕西省考古研究院张建林研究员就此次活动的缘起、意义、日程安排、考察路线、注意事项等进行了动员讲话。陕西省考古研究院王炜林院长、孙周勇副院长、王小蒙副院长，青海省文物考古研究所任晓燕所长，西藏自治区文物保护研究所哈比布所长等出席会议。

5月27日上午，"2014陕甘青川藏五省（区）考古院（所）联合唐蕃古道考察"活动出发仪式在大明宫国家遗址公园丹凤门广场举行。在雄伟的丹凤门城楼下，考察车辆一字排开，考察团成员怀着激动的心情聆听叮嘱、接受祝福。出发仪式由四川省文物考古研究院院长高大伦主持。陕西省考古研究院党委书记陈显琪在出发仪式上讲话，他说："此次活动是五省（区）科研院（所）加强学术交流与合作的实践，也是践行习近平总书记关于'让陈列在广阔大地上的遗产活起来'的指示的具体行动，祝愿此次考察取得丰硕的成果。"西藏自治区文物局丹增朗杰副局长对此次考察活动的意义进行了高度评价，并祝福大家一路平安、扎西德勒。西藏自治区文物考古研

西安唐蕃古道新闻通气会
高大伦院长动员讲话

西安唐蕃古道新闻通气会张建林研究员布署考察安排

大明宫遗址丹凤门前举行出发仪式

出发仪式上考察团成员合影

出发仪式上陕西省考古研究院陈显琪书记、西藏自治区文物局丹增朗杰副局长与考察团成员握手送别

究所哈比布所长向全体考察团员敬献了洁白的哈达。简短而隆重的出发仪式结束后，全体团员正式启程，奔赴向往已久的唐蕃古道。

二、路线特点与考察纪要

唐蕃古道陕西段大致路线为长安（西安市）——始平县槐里驿（兴平市）——马嵬驿（兴平市马嵬坡）——望苑驿——扶风县驿（扶风县）——武功县驿（武功县）——龙尾驿——岐山县石猪驿（岐山县）——凤翔府（凤翔县）——汧阳县驿（千阳县）——陇州治所汧源县（陇县），从唐蕃古道的起点唐长安至关中西部的重要屏障大震关，走向多与陕西境内的丝绸之路线路重合。

陕西段的考察活动自5月27日开始，到5月28日中午结束，重点对该路线及其重要节点大唐西市（唐蕃古道贸易起点）、大明宫（唐蕃古道政治起点）、马嵬驿（唐蕃古道关中中部重要驿站）、亭子头（唐蕃古道关中西部重要驿站）、大震关（唐蕃古道关中西部重要关隘）进行了考察。

27日上午，考察团首先前往大唐西市博物馆，考察了西市十字街遗址与出土物陈列，之后前往大明宫遗址考察，并在大明宫遗址丹凤门广场举行了出发仪式。出发仪式后，奔赴西出长安的第一个重要驿站——马嵬驿，考察了马嵬坡的地理环境、历史沿革以及杨贵妃墓的形制与相关碑刻。离开马嵬驿，继续沿渭河北侧西行，途经武功、杨凌、扶风、岐山四县（区）后，在凤翔县亭子头村稍作停留，考察了唐柳林镇所在地的环境以及新建的碑、亭等。离开亭子头村，西北行，沿汧河溯流而上，行至千阳后，结合文献记载与河流两岸台地上发现的馆驿遗址，实地考察了汧河流域的古代水陆交通状况。28日，前往陇县西北方向的固关镇固关林场三桥，探寻大震关。在三桥村山口最窄处的关址所在地发现有汉代瓦片等。离开固关林场之后向东偏南折返约30里，考察了曹家湾镇，镇所在丁字路口即为通往明代地方志里记载的咸宜关的方向，距离关址约8千米，现有咸宜关村。大震关在西北、咸宜关在东南，两者的距离和相对位置均与文献记载的大震关与安戎关相符，且有考古遗迹佐证，应分别为唐代的旧关——大震关和东移后的新关——安戎关。结束咸宜关的考察之后，考察队经天城镇进入关山古驿道，翻越关山，结束了唐蕃古道陕西段的考察工作。

三、主要考察点图文介绍

（1）大唐西市遗址

位于今陕西省西安市莲湖区劳动南路西侧。遗址平面呈长方形，实测范围南北长1 031米，东西宽927米。遗址占据两坊之地，坊墙基部宽约4米；市内有东西、南北向各两条宽约16米的街道，将西市分为九个方格，路网布局呈"井"字。街道的土路面经长期碾压，部分车辙清晰可见；两侧设有排水沟，早期为木板筑壁，晚期为砖砌，并有修补痕迹。东北"十字街"北侧的"石板桥"（即过水涵洞）由7块石板组成，用铁卡固定，东西总长5.5米，南北宽1.75米。街道两侧遗存丰富，分布有店铺和作坊，出土物包括建筑构件、日用品、装饰品、加工工具等，其中以日用品为主，装饰品中色泽艳丽的蓝宝石戒面和紫水晶饰品则应是西域的舶来品。

大唐西市遗址博物馆与王彬馆长合影

大唐西市遗址博物馆考察中王彬馆长亲自讲解

"西市"复原模型

"西市"东北十字街北侧石板桥与道路车辙遗迹

隋唐长安城内东西两侧各设置一个市场,"西市"(隋"利人市")以胡商汇聚而闻名。据记载,当时的西市商业至少有二百二十行,其贸易,经丝路转运,西至东罗马、东到高丽(朝鲜半岛)和日本。应当说,这里是中古欧亚大陆上占地面积和建筑面积最大、业态最发达、辐射面最广的世界贸易中心,也是时尚娱乐中心和文化交流中心。西市以之繁荣的市场、坚实的经济基础支撑着整个唐帝国的贸易体系,是唐蕃古道的贸易起点。

(2)大明宫遗址

位于陕西省西安市北郊未央区龙首原上,始建于公元634年,是唐太宗李世民在位时期为其父李渊修建的避暑行宫,但由于李渊的逝世而被迫停工。公元663年,唐高宗李治下令将其扩建,自此大明宫不再只是一座离宫别殿,而是作为大唐帝国威严象征的正式皇宫出现。

大明宫宫城平面略呈梯形,东西1.5千米,南北2.5千米,共有11座城门,正门名丹凤门,正殿为含元殿[1]。含元殿以北有宣政殿,宣政殿左右有中书、门下二省及弘文、史二馆。此外,有别殿、亭、观等30余所,是唐王朝最为显赫壮丽的建筑群。自高宗咸亨元年以后,大明宫成为朝政活动的中心,是二百余年来唐代的政令中枢所在。

大明宫是唐蕃古道的政治起点,也是唐蕃关系的决策中枢。由这里发出的承载朝贺、和亲、会盟、赍诏、报丧、吊祭等内容的使臣往来政令是唐蕃中央政权之间进行直接联系的最重要手段,也是双方保持政治、经济、文化、贸易交往和缓和因军事斗争引起的紧张关系的最有效途径。继唐太宗在位时文成公主和亲吐蕃之后,公元681年,吐蕃又请尚太平公主,被武则天婉拒。公元703年,吐蕃赞普又遣使求婚,武则天允婚,但因赞普出征泥婆罗时战死而未果。之后则有唐中宗允婚,以金城公主入嫁吐蕃赞普赤德祖赞。除了和亲,会盟也是唐朝中央政权唐蕃关系决策中的一项重要内容,最著名的当属长庆会盟,"穆宗长庆元年九月,吐蕃请盟,帝许之。……乃命大理卿兼御史大夫刘元鼎充西蕃会盟使"[2],从而成就了唐蕃关系史上一段"甥舅亲谊"的佳话。

---

[1] 中国社会科学院考古研究所、西安市大明宫遗址区改造保护领导小组:《唐大明宫遗址考古发现与研究》,文物出版社,2007年。

[2] 《册府元龟·外臣部·盟誓》卷九八一。

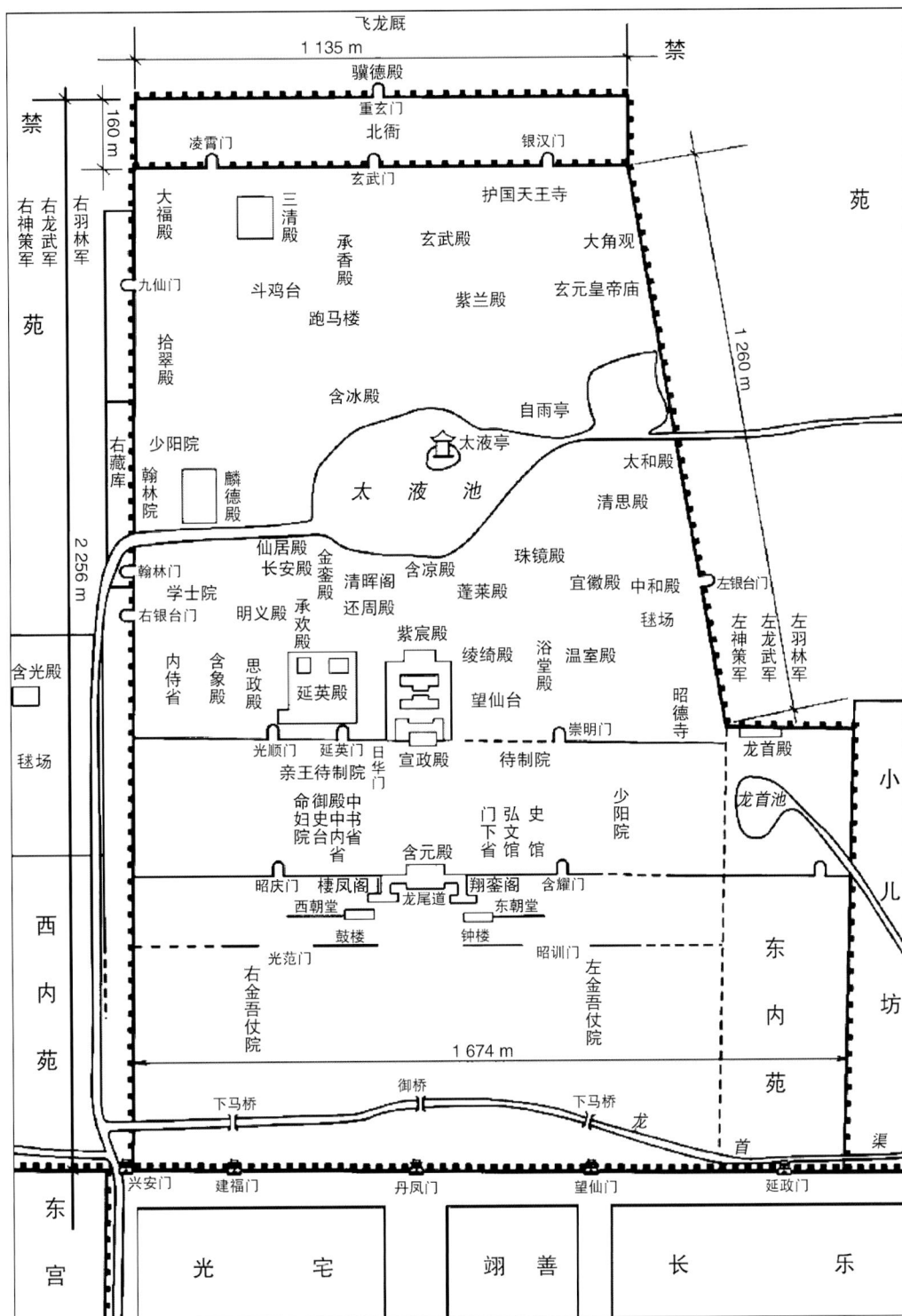

大明宫遗址平面图（采自《论大明宫之历史地位》[1]）

---

〔1〕 肖爱玲：《论大明宫之历史地位》，《丝绸之路》2010年24期。

（3）马嵬驿

位于陕西省咸阳市兴平市以西的马嵬坡，西、北依山，南望渭水，坡势自南向北逐渐加高，坡前有西（安）宝（鸡）公路穿过。《通典》记载"有马嵬故城。孙景安《征涂记》云：马嵬所筑，不知何代人。姚苌时，扶风丁附以数千人堡马嵬，即此也"[1]。唐马嵬驿遗址已不可寻，唯可考察地理环境及杨贵妃墓。

《元和郡县志》载："马嵬故城在县（唐京兆府兴平县）西北二十三里。"公元756年，反叛唐朝的安禄山军队攻入潼关，唐玄宗携杨贵妃、宰相杨国忠、太子李亨以及皇亲国戚、心腹宦官离开长安，逃往四川。至马嵬驿时，护驾军士杀了祸国殃民的杨国忠父子，陈玄礼要求唐玄宗缢死杨贵妃。马嵬兵变发生的另一促成原因，当与午饭无着落有关，因为有关史料皆言将士既疲且饿，这其中就有关于吐蕃使者的记载："会吐蕃使者

马嵬驿民俗文化景区入口

---

[1]《通典·州郡三·京兆府》。

杨贵妃墓正面

咸阳市文物局高波科长与杨贵妃墓博物馆孙宾主任陪同考察并讲解

二十余人遮国忠马,诉以无食,国忠未及对,军士呼曰:'国忠与胡虏谋反!'"[1]吐蕃赤德祖赞赞普在位时期,唐中宗以金城公主许嫁,"命左骁卫大将军、河源军使杨炬为送金城公主入吐蕃使",并亲自于始平县送别,惜别于马嵬驿[2]。

杨贵妃墓现为省级重点文物保护单位,位于马嵬镇西500米处。陵园大门顶额横书"唐杨氏贵妃之墓"七字。进门正面是一座三间仿古式献殿,穿过献殿,就是高3米的半球形墓冢。墓冢周围砌以青砖,周围有三面回廊,上嵌大小不等的石碑,上刻历代名人游记、题咏。据文献记载,公元757年,唐军收复长安,李隆基自成都归来,曾密令迁葬杨贵妃,所以此墓是原来的旧墓还是迁葬后的新墓,或只是杨贵妃的衣冠冢,都无确证。

杨贵妃墓以东3千米,有近年落成的马嵬驿民俗文化村。

(4) 亭子头

即今陕西省凤翔县柳林镇亭子头村,位于凤翔县城西约8千米、柳林镇东约500米处,地处汧渭之汇东北平坦开阔的台塬地带西部,西临古代交通要道——汧河河谷,是从长安通往西域和吐蕃的重要交通节点。唐高宗时,吏部侍郎裴行俭护送波斯国王子回国,"帝因诏行俭册送波斯王,且为安抚大食使"[3],途经凤翔县柳林镇亭子头,发现路旁蜂蝶坠地而卧,心中甚奇,询问后得知是当地一家酿酒,美酒之味引得蜂蝶皆醉,遂留下了"送客亭子头,蜂醉蝶不舞。三阳开国泰,美哉柳林酒"的诗篇。

村内中心广场现有新修的亭子头碑以及亭子。碑嵌于砖砌的两面坡式屋形碑楼内。碑楼顶部以瓦、兽面滴水、砖等构成顶部横梁、两面坡顶部及滴水外沿;下部依碑形砌成外长方形、内拱顶长方形的结构。碑正面为拱形螭首碑额与长方形碑身,碑身中部为"亭子头"三个大字,左侧书裴行俭所作的咏赞柳林美酒的诗;碑背面碑额上浅浮雕三只呈拱形排列的瑞兽。亭子建于低台基上,平面呈六边形,六角各一圆柱,支撑起六角攒尖式顶部。在亭子正面入口处有"新亭"匾额,两侧的圆柱上书有"龙槐有情迎过客,新亭无恙慰诗人"的新联,表达了今天的亭子头人对于那段历史的追忆。

---

[1]《资治通鉴》卷二一八。
[2]《方舆纪要·陕西二·西安府》兴平县条。
[3]《新唐书·裴行俭列传》。

亭子头村的亭与碑

亭子头村委会历史典故招贴画

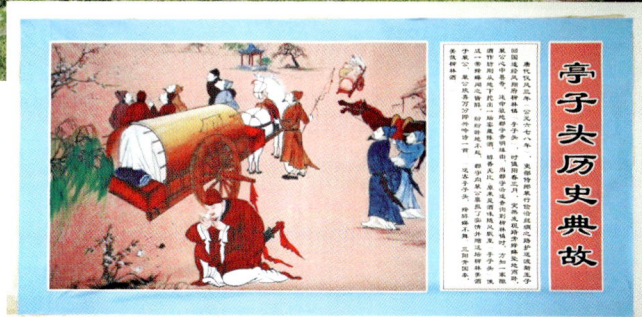

亭子头村口田亚岐研究员赠考察团书法一幅

（5）大震关

位于陕西省陇县固关镇固关林场，其得名于汉武帝曾在此遭雷震的传说，"汉武帝至此遇雷霆，因名"[1]。汉代名陇关[2]。

大震关在隋唐时期被列为京城四面的关中六"上关"之一[3]，"凡戎使往来，必出此"[4]。无论吐蕃输款"请互市"或东寇关中、商旅往来，还是唐王朝设立驿馆、塞道移关，其所经营与往来者，皆为此道。安史之乱后，吐蕃占据陇右，经常出大震关入侵，马燧"按行险易，立石种树以塞之，下置二门，设篱栅"[5]拒之。

大震关的位置学术界意见很不统一，有清水县东陇山说、通关河西陇山支脉东坡说、陕西陇县西北固关说、陕西陇县西境陇山主脉说、陇县与张家川县交界处鬼门关说等[6]。其中以陕西陇县西北固关说较可信。据《元和郡县图志》载："陇山，在县西六十二里，……大震关在州西六十一里，后周置，汉武帝至此遇雷震因名。"唐代陇州汧源县治即今陇县。1唐里约今540米，61唐里约合32千米。陇县固关西北的"上关厂"和"下关厂"一带离陇县约30千米，与大震关离陇州汧源县的距离相当；地名"上关厂"和"下关厂"证明两地之间古代有关隘存在；"上关厂"一带还发现墩台遗迹。因此，"上关厂"可能就是《元和郡县图志》记载的大震关所在地。安史之乱后，秦陇地区沦陷于吐蕃，因吐蕃屡经大震关入寇关中，马燧立石种树塞关。秦州收复后，因大震故关久废，大中六年（852年），薛逵东移三十唐里筑安戎关，称为新关，以别大震故关。《元和郡县图志》成书于元和八年（813年），即大中六年薛逵筑安戎关之前39年，其所记载的大震关应该是大震故关。关于大震关应在陇县、张川交界处的老爷岭一带的说法，虽然老爷岭离陇县的距离与上关厂离陇县的距离相当，但无地名和考古遗迹的印证。所以，将大震关确定在"上关厂"一带可能更恰当[7]。

---

[1]《元和郡县图志·关内道·陇州》。
[2]《通典·州郡三·陇州》"汉陇关，王莽命右关将王福曰：'汧陇之阻，西当戎狄'。今名大震关，在县西。"
[3]《唐六典·刑部》司门郎中条。
[4] 沈亚之：《陇州刺史厅记》，《全唐文》卷七三六。
[5]《旧唐书·列传八四》。
[6] 杨军辉对2006年以前大震关的相关研究进行了考辨。见《关于唐大震关的几个问题》，《甘肃农业》2006年6期。
[7] 苏海洋、雍际春、晏波、尤晓妮：《唐蕃古道大震关至鄯城段走向新考》，《青海民族大学学报（社会科学版）》2011年3期。

大震关关口远眺

田亚岐研究员为考察团讲解大震关的历史与考古工作情况

都兰

玛多

称多

玉树

石渠

洛须

德格

江达

昌都

香堆

察雅

邦达

八宿

左贡

芒康

曲玫卡

波密

林芝

工布江达

墨竹工卡

拉萨

第四部分
甘 肃 段

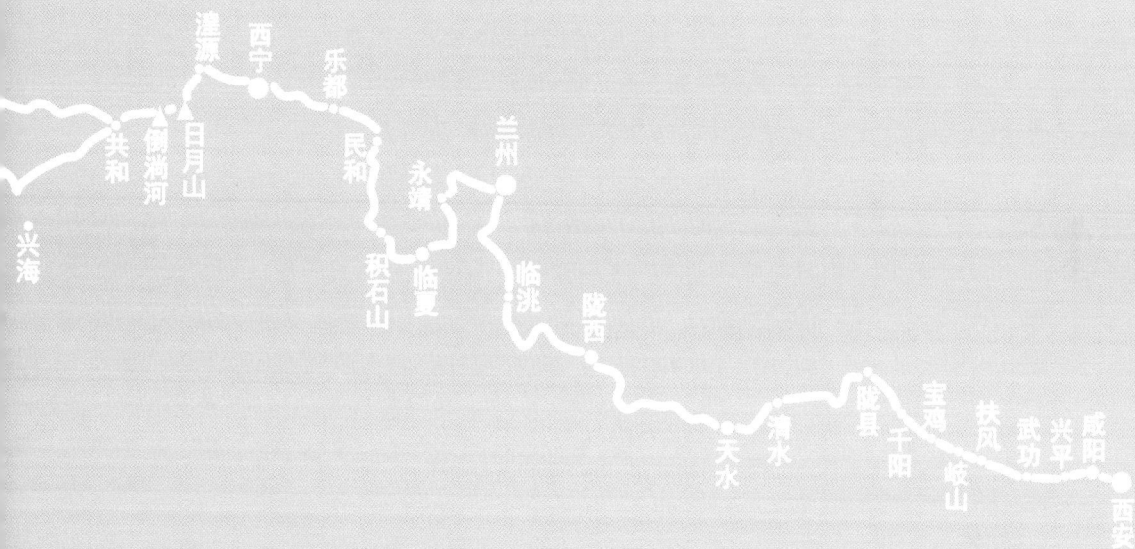

兴海 共和 倒淌河 日月山 湟源 西宁 乐都 民和 永靖 积石山 临夏 兰州 临洮 陇西 天水 清水 陇县 宝鸡 千阳 岐山 扶凤 武功 兴平 咸阳 西安

一、路线特点与考察纪要

唐蕃古道甘肃段大致路线为清水县（清水县）——秦州治所上邽县（天水）——伏羌县（甘谷县）——陇西县（武山县）——渭州治所襄武县（陇西县）——渭源县（渭源县）——临州治所狄道县（临洮县）——兰州（兰州市）——大夏县大夏川驿（广河县）——河州治所枹罕县（临夏市）——凤林关——漫天岭（小积石山）。其中主体线路走向大体同于该区域内的丝绸之路线路，而当中途经的唐陇右诸州无疑是长安西部的重要屏障。

甘肃段的考察活动自5月28日下午开始，到5月31日上午结束。

28日下午经陕西陇县（陇州）关山驿道进入甘肃境内后，沿渭河支流行进，途经张家川县马鹿乡、恭门村、张川镇、胡川乡后到达清水县，过清水县后继续向南沿渭河支流行进，在天水市北道区进入渭河干流流域。28日下午、29日上午，先后考察了麦积山石窟和天水市博物馆藏石马坪出土隋唐围屏石榻，感受中西文化在此的交汇融合。29日中午，离开天水，沿渭河溯流而上，经甘谷县、武山县、陇西县（渭州）到达渭源县，考察了古代从渭河进入洮河谷地的交通要道——鸟鼠山分水岭。过鸟鼠山分水岭后沿洮河支流行进，在临洮县境内进入洮河干流流域。临洮（临州）自古以来就是陇右重镇、唐蕃之间军事争夺的要地。直到陇右节度使哥舒翰于公元749年攻克吐蕃在青海的战略要地石堡城，取得黄河九曲之地，才使洮河流域一度安定下来。作为唐蕃关系史上的重要人物，哥舒翰纪功碑是我们此行考察的重要内容之一。29日下午，离开临洮，沿洮河顺流而下，然后向北，赶往兰州。在兰州考察了甘肃省博物馆藏肃南大长岭吐蕃墓出土物。30日上午，离开兰州，前往永靖县，重点考察了炳灵寺石窟中晚唐吐蕃占领时期的洞窟，以及记载唐御史大夫崔琳率入蕃使团途经石窟时所留下的《灵岩寺记》等记载唐蕃关系的汉文和古藏文题刻。在炳灵寺附近的阎王砭崖面上有"凤林关"三个大字，表明这里可能为凤林关遗址所在地或通往凤林关的必经之路。30日下午，离开炳灵寺，经过临夏市，进入甘肃与青海两省交界处的积石山县大河家镇，重点考察了唐蕃古道的重要交通节点——临津渡与积石关遗址。31日上午，考察石佛寺石窟，然后离开大河家镇，经黄河大桥进入了青海省境内。

二、主要考察点图文介绍

（1）麦积山石窟

位于甘肃省天水市麦积区麦积山，始建于后秦（384～417年），大兴于北魏明元帝、太武帝时期，孝文帝太和元年（477年）后又有所发展。西魏文帝皇后乙弗氏死后，在这里开凿麦积崖为龛而埋葬。北周的保定、天和年间（561～572年），秦州大都督李允信为亡父建造七佛阁。隋文帝仁寿元年在麦积山建塔"敕葬神尼舍利"，后经唐、五代、宋、元、明、清各代不断的开凿扩建或重修，成为中国最著名的石窟群之一。约在唐开元二十二年（734年），因为发生了强烈的地震，麦积山石窟的崖面中部塌毁，窟群分为东、西崖两个部分。洞窟现有编号211个，其中东崖54个、西崖142个、王子洞15个，计有造像7 200多身，壁画近1 000平方米。造像大部分为北朝泥塑，从北魏到西魏再到北周，北朝造像既系统又完整。现存的塑像中，北魏早中期作品受外来艺术影响较明显，北魏晚期以后，本土化特点明显，开始显现出较多的民族化甚至民间化的特点。现存壁画中，一些北朝时期的经变画，如西方净土变、维摩诘变、涅槃变、法华变等是我国石窟寺中保存最早的北朝大型经变画。麦积山石窟的仿木殿堂式石雕崖阁独具特色，洞窟多为佛殿式而无中心柱窟。

考察麦积山石窟

麦积山全景

麦积山005-1窟唐代一佛二菩萨塑像

麦积山东崖一佛二菩萨大像

（2）伏羲庙（天水市博物馆）

位于甘肃省天水市秦州区西关伏羲路，是目前中国规模最宏大、保存最完整的纪念上古"三皇"之一伏羲氏的明代建筑群，也是中国国内唯一有伏羲塑像的伏羲庙，原名太昊宫，俗称人宗庙，始建于明成化十九年至二十年间（1483～1484年），前后历经九次重修，形成规模宏大的建筑群。清光绪十一年至十三年（1885～1887年）第九次重修后占地面积13 000平方米，现存面积6 600多平方米。

建筑坐北朝南，院落重重相套，四进四院，宏阔幽深。庙内古建筑包括戏楼、牌坊、大门、仪门、先天殿、太极殿、钟楼、鼓楼、来鹤厅等10座；新建筑有朝房、碑廊、展览厅等6座。新旧建筑共计76间。牌坊、大门、仪门、先天殿、太极殿沿纵轴线依次排列，层层推进，庄严雄伟。

天水市博物馆位于伏羲庙内。

伏羲庙考察中听取讲解

伏羲庙内的伏羲像

天水市博物馆入口

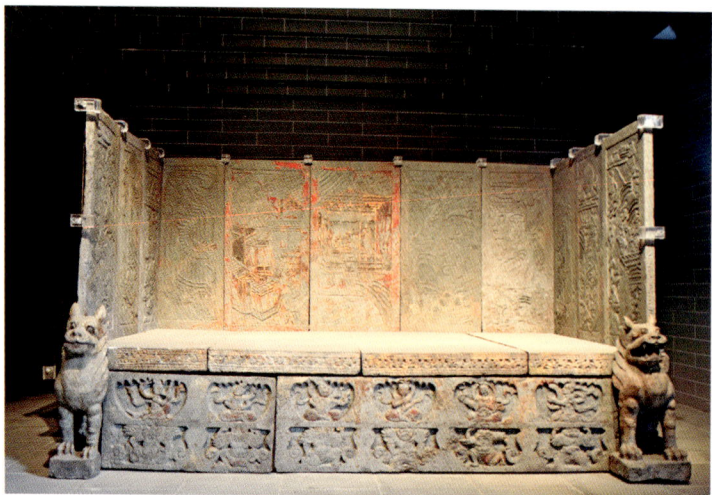

天水市博物馆藏
秦州区唐墓出土
围屏石榻

（3）鸟鼠山分水岭

鸟鼠山位于甘肃省渭源县城西南8千米处，海拔2 609米，为西秦岭北支山脉之一部分，系渭河上游北源和洮河支流东峪沟的分水岭，是古代从渭河进入洮河谷地的要道和古代中原通往吐蕃的必经之地。

中国早期文献中便有关于鸟鼠山的记载，《尚书·禹贡》载："导渭自鸟鼠同穴，东会于沣，又东会于泾；又东过漆沮，入于河。"郑玄曰："鸟鼠之山有鸟焉，与鼠飞行而处之，又有止而同穴之山焉，是二山也。鸟名为鵌，似鵽而黄黑色。鼠如家鼠而短尾，穿地而共处。"《山海经·海内东经》云："渭水出鸟鼠同穴山，东注河，入华阴北。"《太平御览》引《山海经》郭璞注曰："鸟鼠同穴山，今在陇西首阳县，渭水出其东，经南安、天水、略阳、扶风、始平、京兆，至弘农华阳县入河也"，鸟鼠山因鸟鼠"同穴止宿"而得名。

鸟鼠山分水岭远眺

鸟鼠山顶缓坡地带

（4）哥舒翰纪功碑

位于甘肃省临洮县城南大街，现坐北面南，镶嵌在砖龛内，四周设置有保护栅栏，唐天宝八载（749年）所立。碑额高0.92米，两侧刻有狮形瑞兽，饰祥云纹，中间仅存"丙戌哥舒"四字。碑身高4.25、宽1.84米，有三道裂纹，表面斑驳陆离，风化严重，刻隶书十二行，字势雄健，笔力遒劲，传为唐明皇李隆基御笔，许多文字在"文革"中被砸毁，可辨认者仅67字，已不能成文。清代临洮籍诗人吴镇曾集剩字为《唐雅》六章。碑座高2.4米，共5个阶层，层层内收[1]。

根据张维《陇右金石录》里的考证，"此碑既录于金石略，又有哥舒二字，自系边人为哥舒翰纪功而作"，残存碑文录文（□为阙字、◆为空字）为："远者□□□□□□□□□□皇之德施化充（天）坠经纶象云雷日月所临之/则怀□□□□□□□也懔◆◆夏其惟犬戎种落猖狂保聚山谷故圣王/明德

---

〔1〕 临洮县博物馆张馆长为考察团提供了该碑的介绍资料，再次表示感谢。

哥舒翰记功碑考察并听取临洮县文化局李家功局长、临洮县博物馆张心东馆长的讲解

□□□□□□□□□□□□□□□□□□□□□□□□□旧章特申约言载锡姻好/军士
□□□□□□□□□□□□□□□□□□□□□也潜通约而反间/意/未加/身亲/
败谋/大服小/一举而定□□□□□□□□□□□□□□□德◆◆叛/圣策谋从
□□□□□□□□□□也武有七德今则过之而颂声无闻何以/颂曰"[1]。

哥舒翰生年不详，为突厥族哥舒部人。天宝六载（747年），为陇右节度使。其间，他多次率兵击败吐蕃，并于公元749年攻克吐蕃在青海的战略要地石堡城，进而取得黄河九曲之地。这次军事胜利，使吐蕃的扩张野心受挫，洮河流域因此一度安定下来[2]。临洮哥舒翰纪功碑就是为了纪念他在抵御吐蕃入侵中的卓越功绩而立。该碑1981年已被列入省级文物保护单位。

---

〔1〕 张维：《陇右金石录》卷二·二六至二八·哥舒翰记功碑条，民国三十二年甘肃省文献征集委员会校印，1944年。
〔2〕 《旧唐书·哥舒翰传》。

纪功碑全景

纪功碑碑额

（5）大长岭吐蕃墓葬

位于甘肃省肃南裕固族自治县马蹄区西水乡二夹皮村东北的大长岭上，距村委会约10千米。墓葬由墓道、甬道、前室和后室四部分组成。墓主人为一成年男性，头南脚北，仰身直肢。头戴铁丝网盔帽，内有缝制的黄丝绸垫，头上梳有两根22厘米长的发辫，用黄丝绸缠绕；上身着衣16层，下身14层；外衣为米黄色锦缎夹，用金丝线织成；内层衣料为织锦团花图案，腰系牛皮腰带，上有精致的金饰件；脚蹬高鞡牛皮靴。尸体右边放有铁制宝剑一把；左边放有6把腰刀（大、中、小各两把）。

该墓葬出土各类器物143件，有金器、鎏金铜器、银器、铁器和木器等。金器类有单耳带盖镶珠金壶、如意形金饰、金质马鞍、马具金饰件、金扣环、金套环、金质方形带饰、金皮木胎刀鞘以及其他金饰件；鎏金铜器类有鎏金菱花形三折叠铜高足盘、鎏金六龙铜杯、鎏金铜洗、鎏金铜盏托、鎏金桃形铜饰、鎏金马鞍和马具等。银器类有银匝、银勺等。铁器类有铁质宝剑、连环铁甲等。木器类有门楼图木板画以及十二生肖木板画等。

墓葬所在地公元8世纪中叶到9世

大长岭吐蕃墓葬出土鎏金铜盏托（上图）
大长岭吐蕃墓葬出土三折叠高足鎏金铜盘（中、下图）

纪中叶被吐蕃占据长达百余年，直到咸通四年（863年）唐王朝复置凉州节度使后，河西走廊才又畅通无阻。大长岭墓葬及墓葬中出土的这批吐蕃文物正是吐蕃占据河西走廊时期的遗存。从墓葬的结构和随葬品分析，墓主的身份较高，可能是一位将军[1]。

（6）凤林关

位于甘肃省临夏市莲花镇的俺哥集渡。"后魏大统十二年（546年），刺史杨宽于河南凤林川置凤林县，因以为名"[2]，具体地点在俺歌集，因县之名，渡口叫做凤林津，关隘叫做凤林关。其后唐凤林关、吐蕃城桥关、宋安乡关、金安乡关城、元安乡县等因之未变，均设在西魏旧址，刘满在其《凤林津、凤林关位置及其交通路线考》一文中有详细的考证[3]。

炳灵寺东南黄河南岸山崖上的"凤林关"摩崖石刻

〔1〕 施爱民：《肃南大长岭吐蕃文物出土记》，《丝绸之路》1999年S1期。
〔2〕 ［唐］李吉甫：《元和郡县图志》卷三九。
〔3〕 刘满：《凤林津、凤林关位置及其交通路线考》，《敦煌学辑刊》2013年1期。

凤林关隘口

也有学者认为凤林关位于炳灵寺河南500米的阎王砭或者在今临夏市城关东北四十里、大夏河入河口之西的莲花城[1]。

凤林关是唐蕃古道重要的通道,《册府元龟·外臣部》记载:"吐蕃以代宗大历二年十一月遣其首领论立界,和蕃使薛景仙来朝。景仙奏曰:'臣见吐蕃赞普于延葛川,语臣云:请以凤林关为界。'"亦可见此关为要害之地。

(7)炳灵寺石窟

位于甘肃省临夏市永靖县西南35千米处的小积石山中,初名"唐述窟",系羌语"鬼窟"之意,唐代称灵岩寺,灵岩一名一直延续到明代。炳灵寺一名最早见于宋代记载,李远在《青唐录》中写道:"河州渡河至炳灵寺,即唐之灵岩寺也。"[2]《宋史·吐蕃传》记载:"自炳灵寺渡河至青唐四百里,道险地远,缓急声援不相及,一也;羌若断桥

---

〔1〕 李并成:《炳灵寺石窟与丝绸之路东段五条干道》,《敦煌研究》2010年2期。
〔2〕 李远:《青唐录》,载陶宗仪《说郛》卷五三,涵芬楼排印本。

炳灵寺169窟考察（西秦）

炳灵寺169窟与171唐代大佛窟全景

塞隘,我虽有百万之师,仓卒不能进,二也。"炳灵寺是藏语"仙巴炳灵"的音译,"仙巴"即弥勒佛,"炳"是数词十万,"灵"是佛的所在,意译即为"十万弥勒佛",有学者推测"炳灵寺"之名始于唐代,是吐蕃对该寺的称呼[1]。大约宋、元、明以来"灵岩""炳灵"互用,一直到清代藏传佛教在此地盛行,才不再称灵岩寺而专用炳灵寺。

　　炳灵寺创建于西秦,历经北魏、西魏、北周、隋、唐、元、明、清各代扩建,现存窟龛183个,造像776身,分石胎泥塑和泥塑两种,壁画约900平方米,大型摩崖石刻4方,石碑1通,墨书及石刻造像题记6方[2]。石窟分上寺、洞沟、下寺等处,以下寺为主。窟龛均分布在大寺沟两岸的红砂岩上,层层叠叠,栈道曲折盘旋。

〔1〕　魏文斌、吴荭:《炳灵寺石窟的唐蕃关系史料》,《敦煌研究》2001年1期。
〔2〕　张宝玺:《炳灵寺石窟》,载《永靖炳灵寺石窟研究文集》,甘肃文化出版社,2011年,第6页。

炳灵寺石窟东南的黄河与小积石山

　　唐蕃战争中，炳灵寺所属河州为唐帝国与吐蕃用兵的重镇，通过炳灵寺入蕃的道路是唐蕃古道的官道。炳灵寺石窟内有吐蕃使者的题记，部分造像中的藏传佛教因素亦与吐蕃的一度占领有关，这些都是研究唐蕃关系及交通的重要材料。阎文儒等先生认为，第64龛上方张楚金撰《灵岩寺记》描述的军事行动，是发生于仪凤三年（678年）九月，李敬玄、刘审礼率领大军与吐蕃于青海的战事。该文刻于当年十月，时距九月的战事仅一月。时任洮河道行军大总管的李敬玄率大军路过炳灵寺，刑部侍郎张楚金随李敬玄参与这场战事，他于战后的十月在炳灵寺撰文刻石记下了这一事件。第148窟

炳灵寺148窟外崔琳题记

外北壁刻魏季随撰《灵岩寺记》，碑高1.32、宽0.98米，楷书阴刻，共30行，行43字，或多一二字不等。该碑中记载了唐蕃关系中以御史大夫崔琳为首的和蕃使团的事迹。开元十九年三月和蕃使团从长安出发，沿唐蕃间的路径，不足一月就抵炳灵寺，副使撰文描述了出使的前因及所见炳灵寺的盛况，并将使团的成员都镌刻于崖壁上。从中可以想象这一使团在炳灵寺礼佛时的盛况[1]。

---

〔1〕　魏文斌、吴荭：《炳灵寺石窟的唐蕃关系史料》，《敦煌研究》2001年1期。

炳灵寺石窟北段窟龛立面

炳灵寺考察中认真听取石窟管理所曹学文所长介绍

积石关自然环境

（8）积石关

位于甘肃省积石山县大河家镇关门村，地处巍峨的积石山麓、积石峡东口。关口南侧悬崖坡度近70度，现存关墙一段，长3米，下宽2米，上宽1米，残高2米，夯层厚20厘米，黄土夯成[1]。

明嘉靖《河州志》载：积石关"两山如削，河流其中，西临蕃界，险如金城，实系要地。隋置临津关，命刘权镇之，唐李靖伐吐蕃经积石，宋元立积石州，洪武改为关"。明洪武三年（1370年），御史大夫邓愈统帅大军攻克洮山、岷山、河州后，在河州设置二十四关，积石关为第一大关，筑有扼控咽喉的宏伟关门、碉堡、哨所。

作为中原农业民族同青藏高原牧业民族的分界线，积石关历来是中原王朝与其周边民族争夺的军事要地，也是古河州（今临夏）去往青海的重要关口。

---

[1] 积石山县博物馆崔培财馆长为考察团提供了积石关遗址和临津渡的三普数据，在此表示感谢。

积石关残存夯土墙考察

考察现场记录

积石关考察中观察夯层、听取积石山县博物馆崔培财馆长介绍

（9）临津渡

　　位于甘肃省积石山县大河家镇大河村，隔黄河与青海省民和县官亭镇相望。古渡口处黄河河面宽125米。

　　《水经·河水注》："河水又东，临津溪水注之。水自南山，北径临津城西，而北流注于河。河水又东，径临津城北，白土城南……城在大河之北，为缘河济渡之处。"文献中白土城于汉末已有，见于《三国志·魏志》"（正始）九年……（叛羌）屯河关白土故

临津渡位置与环境

站在临津渡旁边的黄河新桥上观察古渡口遗址

城"之记载。临津城建于前凉张轨时,《晋书·地理志》:"永宁中,张轨……分西平界置晋兴郡,统……临津……"《水经注》又载:"隋曰临津关,大业五年,自将伐吐谷浑,出临津关,渡黄河至西平。即此城也。"在渡口附近,唐设积石军,金、元设积石州,明设积石关。据《积石山县县志》记载,明代在此设官船两只,水手20名,清初改为民渡。1988年11月14日,大河家黄河大桥竣工通车后,古渡完成了历史使命。

这里自秦汉以来就是今甘肃和青海间的重要渡口,是唐蕃古道的重要交通节点。

(10)石佛寺石窟

位于积石山县大河家镇南侧、公路西侧的崖壁中部,距离地面大约17米。现存5窟1塔,保存很差。自北向南第4龛内残存1尊坐佛,高浮雕,头部无存,轮廓大体可辨,似为结跏趺坐,施禅定印,座似为方座,腿与座之间有3个小方孔。塔亦仅可辨轮廓。

石佛寺石窟全景

石佛寺残存塑像

石佛寺石窟残存塔

第五部分
青 海 段

一、路线特点与考察纪要

　　唐蕃古道青海段大致路线为龙支县（民和县古鄯镇北古城遗址）——鄯州治所湟水县（乐都县）——唐边州最西县鄯城（西宁市）——绥戎城（湟源县北古城遗址）——石堡城（吐蕃铁刃城）——赤岭（日月山）——大非川（共和县）——都兰——那录驿（兴海县大河坝乡）——暖泉驿（兴海县大河坝乡）——烈谟海（苦海）——众龙驿（称多县）——多弥国（役属吐蕃，以玉树巴塘草原为中心）——牦牛河（通天河）——列驿（玉树县结隆乡）——截支桥（玉树县子曲河谷）。该段交通地处要冲，自汉代张骞凿通西域以来，一直是丝绸之路南线上的重要枢纽，相继受西羌、吐谷浑、吐蕃等民族控制，是传统的唐蕃古道路线。线上发现有众多的唐蕃古城遗址，或为地方治所，或为军事城堡，或为古道驿站。不过，在这一路段上，既往的考察与研究多忽略了缺乏直接文献记载但留有大量吐蕃墓葬、遗址与佛教造像的都兰察汗乌苏河谷分支通道。

　　此次青海段的考察活动自5月31日下午开始，到6月6日下午结束，大体沿传统的古道路线行进。

　　5月31日下午至6月1日，首先考察了民和县史前时期的喇家遗址与唐代的龙支古城遗址。然后奔赴西宁，进行休整，为适应高原环境做体力调整和药物、氧气等方面的准备。休整期间考察了青海省博物馆唐蕃文物、青海省文物考古研究所藏都兰吐蕃墓葬出土纺织品等。6月2日至3日，离开西宁，正式进入唐蕃古道西段，首先考察了唐蕃政治分界线和地理分水岭——湟源县境内的石堡城遗址、北古城遗址、营盘台遗址等以及湟源县博物馆与赤岭日月山的唐蕃界碑，之后翻越日月山，进入共和县大非川草原，考察了加拉上古城、铁卜恰古城等古城遗址。6月4日，考察团离开大非川草原，踏上了探访都兰察汗乌苏河谷的旅程，感受了都兰一号大墓的雄伟与官却和遗址的壮观，同时亲密接触了河谷通道深处的羊群，与废弃已久、难觅人车足迹的高山草原"黑山线"的壮丽与惊险擦肩，在距离花石峡10千米处遗憾折返。6月5日，考察团离开都兰，经共和、兴海两县境内的那录驿、暖泉驿等唐蕃古道驿站，于晚上抵达河源千湖之县——玛多。经历了高海拔夜宿的考验之后，6月6日途经著名的扎陵湖和鄂陵湖，以及海拔4 800多米的巴颜喀拉山口，进入玉树地区，考察了贝纳沟和勒巴沟的吐蕃摩崖造像，感受了这里浓浓的藏文化风情，聆听了关于文成公主的感人传说。

二、主要考察点图文介绍

（1）喇家遗址

位于青海省民和县官亭镇喇家村，总面积约40万平方米，重点区域面积约20万平方米。与甘肃省积石山县大河家镇隔黄河相邻。

1999年起，中国社会科学院考古研究所甘青队和青海省文物考古研究所联合开展官亭盆地古遗址群考古研究。2001年，喇家遗址被国务院公布为第五批全国重点文物保护单位之一，2002年入选年度十大考古新发现之一。

2000年的发掘，共清理房址7座、墓葬2座、灰坑15座，出土陶器、玉器、石器、骨器共计255件，发掘不仅探明本遗址是具有宽大环壕的大型聚落遗址，在聚落内分布有密集的白灰面房址，而且还通过对房址的发掘，发现了人骨遗骸，揭示出了前所未见的灾难遗迹[1]。

---

[1] 中国社会科学院考古研究所甘青工作队、青海省文物考古研究所：《青海民和县喇家遗址2000年发掘简报》，《考古》2002年12期。

喇家遗址文物保护碑

喇家遗址博物馆考察

喇家遗址F7

喇家遗址F4

（2）龙支故城遗址

位于青海省民和县古鄯镇柴沟河和案板泉沟交汇处的台地上，距河床约50米，东为古鄯水库，南为案板泉沟，西为石头沟，北为柴沟河。故城又名"战城""北古城"，依地形而建，平面呈不规则长方形，东西长约700米，南北宽约80～240米。现存东墙墙基残长约106米，残高约1米；西墙残长81米，残高2～3.5米，基宽2.5～16米，顶宽1.4～15米，夯层厚0.05～0.08米。城内可见一条东西向的田间便道，很可能就是故城原来的东西向中轴大道。

城内散布有大量瓦片以及泥质灰陶罐、瓮等的残片，出土有唐代铜镜、泥质灰陶罐、柱础和"开元通宝"等。该城址1982年调查发现，1986年复查并收录于《中国文物地图集·青海分册》。目前对龙支城的位置仍有分歧，严耕望先生认为龙支城在隆治沟上游古鄯镇，20世纪80年代唐蕃古道考古队经过现场考察，认为现"北古城"遗址即为唐龙支故城[1]。

《武经总要》前集一八下云："自（河）州北百里过凤州（林）关，渡黄河百四十里至鄯州龙支县。"可见，龙支县地当河州经凤林关渡黄河去鄯州的大道上。

仪凤三年（678年）七月，唐与吐蕃爆发龙支之战。《旧唐书·高宗纪》载："秋七月丁巳，宴近臣诸亲于咸亨殿。上谓霍王元轨曰：……又得敬玄表奏，吐蕃入龙支，张虔勖与之战，一日两阵，斩首极多……"《元和郡县志》载："龙支县本汉允吾县也，属金城郡。后魏初于此置金城县，废帝二年改名龙支县，西南有龙支谷，因取为名。"《读史方舆纪要·陕西十三·西宁镇》龙支城条："镇东南八十里。城西有龙支堆，因名。汉为金城郡允吾县地。后汉时，置城于此。和帝使曹凤为金城西部都尉，屯龙耆，即此城也。晋隆安二年，南凉秃发乌孤击羌酋梁饥于西平。饥退屯龙支保，乌孤攻拔之。后魏时，置北金城县。西魏又改为龙支县。后周属凉州。隋因之。唐改属鄯州。仪凤三年，鄯州都督李敬玄奏败吐蕃于龙支，是也。后没于吐蕃，号为宗哥城。宋大中祥符中，吐蕃响厮罗徙居邈川。其相李立遵居宗哥，请命于宋。宋命为保顺军节度使。元符二年，王赡取其地，旋复陷于吐蕃。崇宁三年，王厚收复。后废。又卫南有龙居废县。"另清乾隆《甘肃通志》《大清一统志》等资料也都记载有龙支城。

---

〔1〕　卢耀光主编：《唐蕃古道考察记》，陕西旅游出版社，1989年，第68页。

龙支故城遗址远景

考察龙支故城遗址断面堆积层

龙支故城遗址内采集的绳纹砖

龙支故城遗址内采集的筒瓦

龙支故城遗址内采集的琉璃瓦

龙支故城遗址内采集的莲花纹瓦当

（3）柳湾墓地

位于青海省乐都县高庙镇东面的湟水河北岸，距青海省会西宁50多千米。20世纪70年代在柳湾共发掘出各种文化类型墓葬1 700余座，包括大批贫富分化墓、夫妻合葬墓和殉人墓。这些墓葬分属于马家窑文化半山类型、马厂类型，齐家文化和辛店文化。出土文物近4万件，包括陶器、石器、骨器、装饰品等，反映出当时农业、手工业的分工，同时说明制陶手工业的高度发达。

柳湾墓地揭示了当地古代居民的丧葬形态，为研究甘青地区各原始文化的内涵、序列及其与中原文化的相互关系提供了极有价值的实物资料[1]。

依托柳湾墓地建立的柳湾彩陶博物馆是目前我国最大的以展示彩陶文化为主的专题性博物馆，馆藏文物近4万件，其中彩陶近2万件，主要反映了新石器时代至青铜时代青海地区空前繁荣的彩陶文化。此次重点对马家窑文化的半山类型、马厂类型和齐家文化、辛店文化四种古文化类型的典型彩陶，如裸体人像彩陶壶、彩陶靴形壶、人头像彩陶壶、提梁罐、蛙纹彩陶瓮、鸮面罐等以及各时期的彩陶墓葬形制进行了考察。

柳湾彩陶博物馆考察中认真听取讲解

---

[1] 青海省文物管理处考古队等编：《青海柳湾——乐都柳湾原始社会墓地》，文物出版社，1984年。

与柳湾博物馆俞长海副馆长合影、接受赠书

柳湾彩陶博物馆鸮面罐

柳湾彩陶博物馆人头像彩陶壶

（4）青海省文物考古研究所与青海省博物馆

在西宁期间，考察团队到青海省文物考古研究所与青海省博物馆考察学习。在青海省文物考古研究所期间，考察队参观了展示青海历年重要考古成果的标本室，特别是看到了都兰吐蕃墓葬出土的纺织品，许新国研究员还为我们现场讲解了纺织品的出土及当前的研究情况。

另外考察队还参观了青海省博物馆的唐蕃文物，特别是都兰热水墓葬出土的藏文木简、丝绸等文物，这些都是研究吐蕃历史、唐蕃关系的重要材料。

青海省考古所藏都兰出土纺织品考察中听取许新国研究员讲解

青海省考古所藏都兰出土纺织品
之一：太阳神图案织锦

青海省博物馆

青海省博物馆都兰热水一号大墓模型

青海省博物馆未发掘前都兰热水一号大墓远景照片

青海省博物馆藏瞿昙寺铜造像

（5）湟源县博物馆及唐蕃界碑碑首

唐蕃界碑残碑首目前放置于青海省湟源县博物馆后院。据县博物馆杨宝莲馆长介绍，该碑是20世纪80年代在青海省湟源县日月山口出土的。

碑首，用青灰色砂岩雕刻，(已残)残宽1.13米，残高0.63米，厚0.23米。正面刻双螭垂首，圭形碑额，背面无文字。从其形制判断为典型的唐代碑首，很可能为唐蕃界碑。

《册府元龟》卷九八一《外臣部·盟誓》载开元二十一年（733年）唐蕃双方"仍于赤岭各竖分界之碑，约以更不相侵"；又该书卷九七九《外臣部·和亲二》记载赤岭分界之际，唐朝"诏御史大夫崔琳充使，宣谕于赤岭，各分树界碑约不相侵，后吐蕃不受，破之"。另《旧唐书》卷八《玄宗本纪》载开元二十二年"六月，乙未，遣左金吾将军李佺于赤岭，与吐蕃分界立碑"。另《旧唐书》卷一一二《李暠传》载"暠持节充入吐蕃使，……及还，金城公主上言，请以今年九月一日树碑于赤岭，定蕃汉界。树碑之日，诏张守珪、李行祎与吐蕃使莽布支同往观焉"。日月山被很多历史地理学家认为即是赤岭，故在日月山发现的碑首也很可能是"唐蕃界碑"的碑首。当然近年来也有一些专家认为赤岭在今甘南的卓尼县[1]。

湟源博物馆考察中作记录、听取杨宝莲馆长介绍

---

[1] 李宗俊：《唐代石堡城、赤岭位置及唐蕃古道再考》，《民族研究》2011年6期；马建新：《道格尔古碑初探》，《西北民族大学学报（哲学社会科学版）》1982年2期。

湟源博物馆唐蕃分界碑碑首1

湟源博物馆唐蕃分界碑碑首测量并听取张建林研究员介绍

（6）柏林嘴古城遗址

位于青海省湟源县寺寨乡上寨村贡家营一社，西距寺寨乡政府驻地约1千米，南面山脚下即为扎草公路。

古城东西长120米，南北宽175米。城墙残宽1～2米，残高0.5～1.1米，夯土层厚0.05～0.12米。城门不详。遗址东、西、南三面均为悬崖峭壁，北与大梁山相连，东北部最高处有一夯筑哨台，东、西及中部各筑有烽火台一座。城墙为石块及沙土夯筑而成，城内多见青砖、陶片等遗物。三普调查时在地面采集到瓦片、灰陶片、残铁器等遗物。2000年被湟源县人民政府公布为县级文物保护单位。

考察队在柏林嘴古城附近一村民家中，见到了采集于城中的"开元通宝""宋元通宝"等唐宋钱币，为判断古城的时代找到了直接依据。

从采集的遗物及古城残存的遗迹判断该遗址为一处唐代的古城，主要为军事防御功能。

柏林嘴古城远景

附近居民在柏林嘴古城采集的"开元通宝""宋元通宝"

柏林嘴古城采集板瓦残片

柏林嘴古城地表残存建筑遗迹

经柏林嘴古城一侧山坡前往山顶遗址区调查途中

柏林嘴古城残存石构墙基局部

柏林嘴古城考察中现场讨论

小方台　　　　大方台

石堡城遗址远景（西南-东北）

（7）石堡城遗址

又称"铁刃城"，最初系吐蕃建立的边陲军事城堡，位于青海省湟源县日月藏族乡大茶石浪村西南的大、小方台之上，西邻109国道与湟水上游支流药水河，西南距日月山口唐蕃分界的赤岭遗址仅10千米左右，地理位置十分重要。因日月山口无险可守，地势险要[1]的石堡城就成了唐蕃双方在边陲地带争夺的战略要地。玄宗开元十七年（729年），吐蕃石堡城被信安王李祎率军攻克[2]，并在此设立了振武军。开元二十九年（741年），振武军石堡城陷于吐蕃[3]。天宝八载（749年），唐陇右节度使哥舒翰率军再次攻克吐蕃石堡城，并更名为神武军[4]。然而，到了肃宗至德二年（757年），唐天威军石堡城又再次被吐蕃攻克[5]。

---

〔1〕《资治通鉴·唐纪》卷三二："其城三面险绝，惟一径可上。吐蕃但以数百人守之，多贮粮食，积擂木及石。唐兵前后屡攻之，不能克。"
〔2〕《旧唐书·玄宗本纪（下）》。
〔3〕《旧唐书·玄宗本纪（下）》。
〔4〕《旧唐书·玄宗本纪（下）》。
〔5〕《旧唐书·肃宗本纪》。

　　遗址所在的大方台和小方台均为不规则台地,仅东北侧坡势稍缓,其余三面均为陡峭崖壁。小方台在北,略偏西,大方台在南,略偏东,两台之间有一道很窄的石梁相连。小方台平面略呈不规则三角形,北窄南宽,南北最长约110米,东西最宽约103米。台地边缘可见局部暴露的石砌基础,应为外围墙体基础;中部有凹凸不平的块状区域,因上层堆积覆盖,砌石遗迹暴露很少,但最初应为建筑的墙体基础。台地西南部有一小高台,系修整基岩而成,基岩上垒砌石砌墙基,现存部分边长约8米,高约3米,西北角可见人工垒砌的石块,可能为瞭望台的基础部分。调查中,在小方台遗址区仅发现少量板瓦残片,时代偏晚。大小方台之间相距约110米,连接两者的山梁顶部很窄,可见人工凿刻的石槽与柱洞,且地表可见陶器残片以及砖瓦残块。山梁西坡陡峭,未见遗迹现象;东坡稍缓,局部暴露出建筑基址的砌石。过山梁后可到达大方台。大方台整体呈东南至西北向的长条状,东西最长约180米,南北最宽约50米,中部偏西处及东端地势较高,其余部分微内凹。台地边缘亦可见明显的石砌墙体,应为台地边墙的基础。台地内部建筑基址的石砌墙基部分较清楚,散落在地表的砖瓦残块较多。中部偏西处亦有

小方台东南侧边缘的石砌墙基

大小方台之间的山梁石路

一小高台，现存部分边长约7.8米，高约2米，南侧为加工规整的基岩，顶部有被掏挖的痕迹，散落较多的砖、板瓦、筒瓦残块以及陶器残片。经观察，大方台发现的砖瓦残块，部分时代可早至唐代，部分时代则晚至明清时期。

通过调查，可以确认石堡城遗址地势险要，是扼守赤岭三个山口的唯一要塞，吐蕃控制时期建立了完善的石构防御体系，唐朝攻克该城后设立军堡，因而此地遗留下了唐代的砖瓦建筑材料。历经千年沧桑变化，昔日的唐蕃古道咽喉之地如今静静矗立在河湟大地，见证着新时代的民族友好交往。

大小方台之间山梁石路上发现的石柱洞

大方台发现的唐代绳纹砖

山梁石路与小方台远景

大方台中西部全景

（8）营盘台遗址

位于青海省湟源县日月乡哈拉库图村的野牛山上，北距扎巴公路200米，东、西均为哈城村农户庄院，海拔约3 228米。

遗址平面呈长方形，南北宽55米，东西长49米，城的外侧还有两道环壕，宽约8米。城南部和东南部的部分夯土墙保存较好，夯层厚约0.11米。城内有明显建筑遗迹9处，仅剩高出地面的高台。城门开于古城南墙正中，宽2.9米。

城北有一座烽火台，东西长8米，南北宽6米，残高约3米，夯层明显，夯土中夹杂红烧土和白灰墙皮，外部部分区域还保留有花岗岩的卵石护墙。

古营盘始建于唐代，清时在原建筑基址上增加了新建筑，并留存于今。1985年文物调查登记时，采集到灰陶片、瓷片、"开元通宝"等遗物[1]。1983年被湟源县人民政府公布为县级文物保护单位。

营盘台遗址远景

---

[1] 李智信：《青海古城考释》，西北大学出版社，1995年，第136页。

营盘台遗址残存夯土墙体局部

营盘台遗址烽火台遗迹

营盘台遗址环壕遗迹局部

营盘台遗址考察现场

营盘台遗址近景

（9）北古城遗址

位于青海省湟源县城关镇光华村东约1 000米处的山地上，西距湟源县城约2 000米，南距109国道80米、青藏铁路240米、湟水河280米。地处东峡西口，与隔河相望的南古城扼控峡口两侧。

古城北侧为护城壕，东、西两侧为自然冲沟，南临断崖。四面皆有城墙，城墙四角各有马面。北城墙长150米，中间有1马面；东城墙长412米，中间有5个等距的马面；南城墙长414米，分东西两段，西段紧贴悬崖崖壁，东段则向里稍错开，与崖壁间留有约10米的空隙，南门即开在错开处，门向东，错开处即为进出大道；西城墙长478米，中间偏北开有一门，门向西，两门皆宽约10米左右。在东城墙外由第一个马面起，自北向南至湟水边，沿南部山梁的东断崖又修筑有一条长约500米的围墙，围墙高约4米，宽3米，有一门与古城南门相对，围墙的尾端建有一高11米，长、宽各12米的瞭望台。出古城西门折向北有大道，大道北山上筑有并列的三个瞭望台，台高19米，底径15米，顶径11米。台底利用原生土层，土层上采用夯筑，夯层内夹有圆形穿木，每排穿木相距约50厘米，穿木之间相隔约30厘米左右。站在瞭望台西望，湟水与药水交汇的三角地带尽收眼底。

北古城遗址远景

北古城遗址夯土墙局部

北古城遗址采集绳纹砖残块

北古城遗址残存马面

城内采集到砖、陶片等文物标本，20世纪80年代在城内还采集有"开元通宝"数枚、骨器及石马各一件。砖的制法、大小厚薄等与日月山唐蕃分界碑共出的砖完全一致[1]。特别是在本次调查过程中还发现了唐代花纹方砖，亦可证其时代。此城系湟源县境内发现的规模最大、内涵最为丰富的唐代古城。

据文献记载，唐时在湟源地区曾先后设有白水军、振武军、安人军、定戎军、临蕃城等军事据点。根据史籍记载的道里与地望，专家认为此遗址是唐代白水军绥戎城。白水军是唐代湟水上游最大的军事基地。据《新唐书·地理志·陇右道·鄯州·西平郡》记载："鄯城，中，仪凤三年置，有土楼山，有河源军。西六十里有临蕃城，又西六十里有白水军、绥戎城，又西南六十里有定戎城，又南隔涧七里有天威军，军故石堡城，开元十七年置，初曰振武军，二十九年没吐蕃，天宝八载克之，更名，又西二十里至赤岭，其西吐蕃，有开元中分界碑。"从这则记载推断白水军绥戎城即在北古城附近。

北古城规模之大、文化堆积层之厚，说明此城为当时唐军在湟源地区部署的军事据点中驻扎时间最长、规模最大的军事指挥中心。1998年该城址被省政府公布为省级文物保护单位。

---

[1] 李智信:《青海古城考释》，西北大学出版社，1995年，第125页。

北古城遗址考察中
测量、拍照

北古城遗址考察中听取张建林研究员与杨宝莲馆长讲解

（10）唐蕃分界碑

位于海南藏族自治州共和县与西宁市湟源县分界处日月山口的日亭与月亭内。

其中月亭内现存分界碑的碑座和碑身，碑首不存，为砂岩凿刻，整体高约2.57米。龟趺座高约0.57米，前宽1.17米，后宽1.04米，整体呈椭圆形，头部已经残损，左右两侧为腿，卷尾，龟背中间开槽嵌入碑身。碑身高2米，最宽处0.76米，厚0.28米。

另日亭内发现一龟趺，用砂岩凿刻。整体呈椭圆形，龟趺头残，整体长1.23米，宽0.99米，高0.6米，龟尾部下垂；龟背中间榫槽长0.61米，宽0.23米，深0.24米。碑身不存。

日、月亭全景

月亭内唐蕃分界碑

月亭内唐蕃分界碑碑座

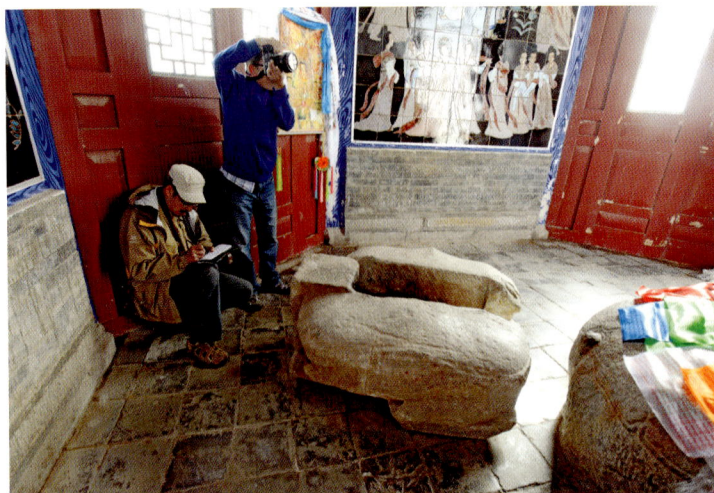

日亭内唐蕃分界碑碑座

日亭内唐蕃分界碑碑座后部

日亭内唐蕃分界碑碑座侧面

（11）铁卜恰古城遗址

位于青海省海南藏族自治州共和县石乃亥乡菜济河南的铁卜加村的冬季草场内，东部6千米处为青海湖、2千米处为环湖公路，东北600米处为铁卜加村，西南3千米处为乡府所在地。

遗址平面略呈方形，东西长220米，南北宽200米，城垣残高6～12米，基础宽17～18米，可分为早晚两期。早期城垣用素土夯筑而成，晚期用土较杂。城垣四角宽大，疑似角楼。东墙处开门，门宽10米。门外有一折角形遮墙，应为瓮城，东西长约20米，南北宽约20米，残高6米，夯层厚约0.08～0.11米，用素土杂以碎石片分层夯筑，筑建方法与其他吐谷浑古城完全相同。

城内布局依稀可辨，自东门起有东西向大道，即为全城中轴线，最西端有一小方城，东西长70米，南北宽80米。建筑遗址西依城墙，其余三面是夯筑墙体，墙基宽约2米，残高约1米，东墙居中有门，宽约5～7米，应该为内城。轴线南侧，残存一个平面近似圆形的圜丘状夯土台基，直径约25～30米，残高约10米。台上有建筑

铁卜恰古城遗址

铁卜恰古城夯土墙局部

铁卜恰古城建筑基址

铁卜恰古城采集陶片

铁卜恰古城采集文字陶片

遗址。在其南侧和西南侧另有两座长方形的夯土台基，风化严重，夯土采用类似吐谷浑城的砌筑方式。轴线北侧有一个隆起的土包，是一平面近似长方形的建筑遗址，风化严重，东西长约100米，南北宽约35米，根据辨认，这个建筑可能为房屋基址。城内东南处即靠近东门处，出土大量素面布纹里板瓦和筒瓦残件，以及夹砂灰陶残片。

城外有外郭围墙，墙基由河砾石垒砌而成，中轴线稍偏向东南处被一条内隔墙分为东西两部分。西部较大，呈方形，东部较小，呈长方形，东部面积不及

铁卜恰古城考察中观察夯土结构

铁卜恰古城考察中采集测年样品

西部的1/2。外郭围墙南墙长1 400米[1]。根据黄盛璋、方永推断,这方形外郭即是外城[2]。在此次考察过程中,我们在城内发现了带有绳纹、刻划纹的陶片,并发现一片带有文字的陶片。

　　黄盛璋、方永先生推测该古城即为吐谷浑的都城伏俟城。《魏书·吐谷浑传》:"伏连筹死,子夸吕立,始自号为可汗,居伏俟城,在青海西十五里",而这座古城距青海湖最近处7.5千米。20世纪90年代,青海省文物考古研究所在天峻县西约14千米、快尔玛乡东约4千米的加木格尔滩古城遗址进行了调查和试掘。古城址东西长约750米,南北宽约600米,有房屋建筑8座,主体建筑1座;两座城门,北门宽12米,西门宽20

---

〔1〕 李国华:《吐谷浑遗存的初步探索》,《中国人民大学考古学科建立十周年纪念文集:北方民族考古》第一辑,科学出版社,2014年。据李国华在文章中介绍,伏俟城考古工作做得较为充分,靳玄生最初发现这座古城,之后黄盛璋和方永两先生做过考察,并于1962年发表了《吐谷浑故都——伏俟城发现记》。20世纪80年代初,青海省文物考古队又曾对此城进行多次调查,其后90年代初,进行了较大规模的发掘考察。

〔2〕 黄盛璋、方永:《吐谷浑故都——伏俟城发现记》,《考古》1962年8期。陈良伟先生认为外郭城的说法不成立,仅是挡水堤坝,见陈良伟:《丝绸之路河南道》,中国社会科学出版社,2002年。

铁卜恰古城考察中观察分析陶片标本

米。建筑材料有棱形乳钉方砖、粗绳纹板瓦、筒瓦及铭文瓦当。铭文为"常乐万亿"。其面积比铁卜恰古城大很多，建筑规格也较高，推测可能为吐谷浑王都，至少是四大戍城之一的所在地。故伏俟城的地望还需要进一步的考古调查发掘来确定。

（12）热水墓地与官却和遗址

20世纪80年代以来，在察汗乌苏河谷开展的一系列调查与发掘工作，发现了热水墓地、智尕日墓地、扎麻日墓地、赛什堂墓地、露斯沟墓地以及露斯沟岩刻、官却和遗址等考古遗存，时代从南北朝至隋唐时期，又以唐代为主。此次重点考察了热水墓地[1]和官却和遗址[2]。

---

[1] 许新国：《寻找遗失的"王国"——都兰古墓的发现与发掘》，《柴达木开发研究》2001年2期；北京大学考古文博学院、青海省文物考古研究所：《都兰吐蕃墓》，科学出版社，2005年；青海省文物考古研究所、陕西省考古研究院：《青海都兰热水哇沿水库考古发掘》，中国文物信息网十大考古新发现专栏，2015年2月11日。

[2] 青海省文物考古研究所、陕西省考古研究院：《青海都兰热水哇沿水库考古发掘》，中国文物信息网十大考古新发现专栏，2015年2月11日。

　　热水墓地位于从热水乡至那日马拉黑山的察汗乌苏河两岸台地及山间谷地上。墓葬区东部紧接鄂拉山，西连柴达木盆地东南隅，并与布尔汗布达山东麓相邻，以察汗乌苏河为界，可分南北两区：北区东西长1 000米，南北宽500米，以热水一号大墓为中心；南区墓葬分布在河岸台地和露丝沟内。墓葬可分为大型墓葬和中小型墓葬两类，一般由封堆、墓室及周围的祭祀坑组成。封堆形制根据墓葬的规模大小有别，根据调查和发掘情况可知，平面形制多为梯形覆斗。大型墓葬的封堆构筑时，一般在夯土中夹杂圆木、石块、牛羊骨骼和沙柳枝条等，外围垒砌石砌边框。大型墓葬一般为多室或双室，中小型墓葬多为单室，墓室或为土圹，或石块垒砌，或砖木构筑。青海省文物考古研究所、北京大学考古文博学院、陕西省考古研究院等单位曾独立或联合对该墓地进行了数次考古发掘，出土有石器、骨器、铜器、铁器、陶器、木器、漆器、金银器、古藏文木牍与卜骨、纺织品、棺板画等文物。

热水一号大墓全景

热水一号大墓封土

热水一号大墓封堆底部结构

热水一号大墓墓室

热水一号大墓封堆底部结构细部

热水墓地血渭一号墓墓室上部结构

热水墓地血渭一号墓墓室内顶部结构

热水墓地哇沿水库区M23墓室

热水墓地哇沿水库区M23及其北侧遗迹

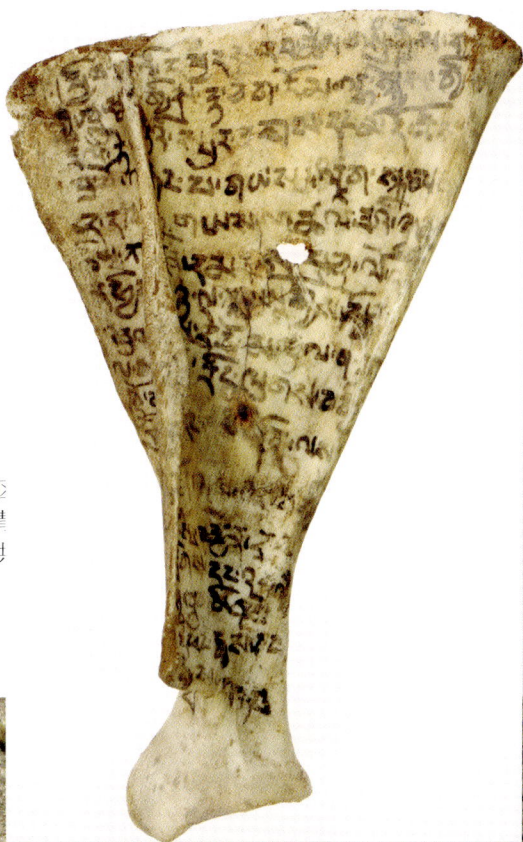

热水墓地哇沿水库[
出土古藏文卜骨（青
文物考古研究所提[

宫和日遗址远景

官却和遗址F1（青海省文物考古研究所提供）

官却和遗址位于察汗乌苏河北岸、热水墓地西部。2014年为配合哇沿水库建设，青海省文物考古研究所与陕西省考古研究院联合对水库淹没及涉及区的古代文化遗存进行了考古发掘，发现并确认了热水墓地周边的首个重要遗址——官却和遗址，清理房址9座、成排灶坑31座、灰坑14座。房址出土物有陶片（陶罐、陶灯、陶甑、陶纺轮）、铁器残块（甲片、马蹄铁、铁剑、铁钉、铁刀）、铜器残块（铜饰、铜铆钉）、石器（石凿、涂朱石块）、骨角器、炼渣以及动物骨骼等。

铁剑、卜骨、陶罐等遗物在墓葬和遗址中均有出土，形制也十分相似；并且房址与墓葬均开口于表土层下。这表明两者具有共时性。墓葬与遗址中同时出现的铁剑、马蹄铁以及遗址中发现的带孔铁甲片都表明，墓葬与遗址的主人很可能与军队活动有关，集中分布的灶坑也表明其生活方式很有可能是军事化的集体生活。

公元670年，薛平贵西征吐蕃时，与吐蕃军队在玛多与花石峡一带交战。而察汗乌苏河谷则是一条通往花石峡的重要而快捷的通道。因此，初步推测，官却和遗址与热水墓地的主体遗存很可能与吐蕃663年击败吐谷浑，统治都兰地区之后的驻

官却和遗址发掘现场

军有关。紧邻哇沿水库发掘区的露斯沟吐蕃风格的摩崖石刻佛教造像[1]，也无疑是这一时期吐蕃统治该地区的佐证。

在浓郁的吐蕃文化因素之外，砖室墓、"开元通宝"等则反映了来自中原地区文化因素的影响。蜻蜓眼玻璃珠的发现则表明该区域一直以来也是丝绸之路南道的重要节点。

官却和遗址成排分布的灶

（13）玉树地区吐蕃摩崖造像与汉文、古藏文题记

共计4处13组，分布在贝纳沟和勒巴沟内。贝纳沟1处4组，此次重点调查了毗卢遮那与八大菩萨造像。勒巴沟3处9组，此次均作了重点考察。

贝纳沟吐蕃佛教造像位于青海省玉树州玉树县结古镇南约13千米的贝纳沟内约500米处山脚的崖壁上。紧靠崖壁建有朗巴朗则拉康（毗卢遮那殿），当地人称之为"文成公主庙"。壁面自上而下微外斜，浮雕毗卢遮那与八大菩萨造像，毗卢遮那位于中间，八大菩萨上下两排分列主尊两侧，每排左右两个。整铺造像下面及左右侧线刻联珠、斜向四分方格、外凸三瓣花饰等装饰纹样构成的外框。造像均带藏文题名，凹入的头光和身光兼具龛的功能；均身着三角翻领袍服，束高筒状发髻，戴三叶冠，穿圆头靴。依据古藏文题记可知，该组造像雕凿于赤德松赞赞普在位时期的狗年，即806年，功能主要为"用祝赞普父（赤德松赞）子（赤祖德赞）及一切众成无上菩提"[2]。造像附近崖面还发现有汉藏文题记、毗卢遮那与二菩萨及十方佛摩崖造像、线刻佛塔与古藏文题记等，时代以吐蕃时期为主[3]。

---

〔1〕　许新国：《露斯沟摩崖石刻图像考》，《青海社会科学》1994年2期；前园实知雄：《中国青海烏蘭の仏塔——いわゆる希里溝瞭望台について》，《考古学に学ぶ Ⅲ》，同志社大学考古学シリーズⅨ，二〇〇七年七月十日発行。

〔2〕　汤惠生：《青海玉树地区唐代佛教摩崖考述》，《中国藏学》1998年1期。

〔3〕　乔红、张长虹、蔡林海、马春燕：《青海玉树三江源地区史前文化与吐蕃文化考古的新篇章》，《青海日报》2016年5月3日。

贝纳沟文成公主庙全景

贝纳沟文成公主庙考察中听取张建林研究员讲解

贝纳沟摩崖造像主尊毗卢遮那右侧四尊菩萨

贝纳沟摩崖造像主尊毗卢遮那左侧下排内侧菩萨

贝纳沟摩崖造像左侧外龛边缘装饰局部

贝纳沟毗卢遮那与八大菩萨造像线图（由陕西省考古研究院西藏考古研究室提供）

　　勒巴沟摩崖造像位于青海省玉树州巴塘乡通天河畔勒巴沟沟口及沟内[1]，共3处地点。

　　第一处地点位于沟口左侧，为《礼佛图》和《转法轮图》摩崖线刻[2]。《礼佛图》自左而右由侍童、贵妇、赞普或贵族、释迦牟尼立像组成，画面横宽2.8米，纵高3.95米。释迦牟尼呈站立姿态，着通肩袈裟，站立在扁平仰覆莲座上。释迦左侧第二个形象为赞普或吐蕃贵族装人物，侧身弯腰作献礼状，头顶裹高筒状缠巾，身穿三角翻领左衽阔袖袍服，脚穿圆头靴。第三个形象为一贵妇装人物，梳抱面髻，面部圆润，身披无领大氅，内穿阔袖袍服，脚穿圆头靴。《说法图》图像及疑似藏文题记区域横长3.43米，纵高2.38米，图像区域最下部距现地面高19厘米。整个图像由中间的主尊转法轮印释迦牟尼及两侧胁侍菩萨、左下部和中下部的各种动物、右下部的两位龙王和两位供养人、左上部的听法比丘组成。

〔1〕　谢佐等：《青海金石录·勒巴沟佛雕及其石刻（唐）》，青海人民出版社，1993年。
〔2〕　汤惠生：《青海玉树地区唐代佛教摩崖考述》，《中国藏学》1998年1期。

勒巴沟摩崖造像第一地点远景

勒巴沟摩崖造像第一地点礼佛图主尊释迦牟尼

勒巴沟摩崖造像第一地点礼佛图贵族人物

勒巴沟摩崖造像第一地点礼佛图前面侍童

勒巴沟摩崖造像第一地点说法图主尊
释迦牟尼（由陕西省考古研究院西藏
考古研究室提供）

勒巴沟摩崖造像第一地点说法图释迦牟尼右侧菩萨

勒巴沟摩崖造像第一地点说法图主尊释迦牟尼莲花狮子座

勒巴沟摩崖造像第二地点远景

　　第二处地点位于沟内路左侧一处崖壁上，图像均为线刻，根据图像和题记的分布状况可将此处的造像和题记分为六组，以面对崖面的方向为准，自右而左排列：第一组为涅槃图和题记，图像位于上部，藏文题记位于下部。图像下半部分为主尊佛与两侧双手合十、侧身交脚而坐听法的菩萨像；中部主体为一涅槃卧佛；上部为一佛二菩萨图像。涅槃佛下部可见一高筒状缠头的吐蕃人物形象，与沟口礼佛图中的吐蕃人物非常接近。古藏文题记现可辨8行，其中提到了降魔。第二组为降自三十三天图和题记，位于第一组左侧相邻的低一级崖面上，上部为图像，下部为古藏文题刻。主要图像为上部的立佛以及佛背后的天梯、下部的骑象普贤菩萨。古藏文题记位于图像下部，现存7行，内容为降自三十三天。第三组为说法图和《般若波罗蜜多心经》，位于第二组左侧偏下处的低一层崖面上，由上部的图像和下部的古藏文题刻组成。图像位于崖面上部，画面中心为右侧部分的禅定印、结跏趺坐佛像，身穿袒右袈裟，佛两侧及下部可见听法比丘，左侧上部线刻有一屋形、亭状或龛状建筑物，内有三个人物。古藏文题记可辨29行。第四组为《无量寿经》，位于第三组左侧下部低一层的一块不

128

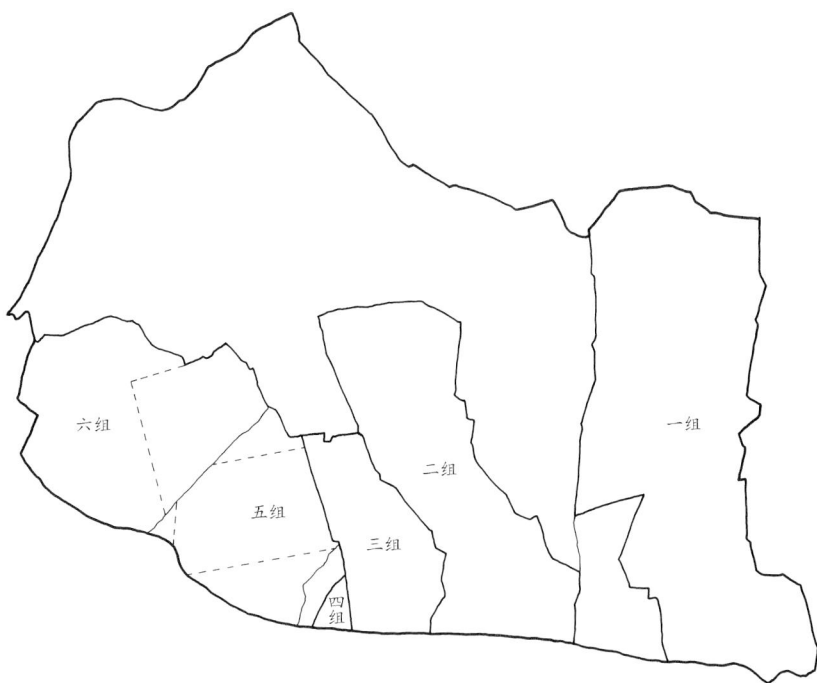

勒巴沟摩崖造像第二地点造像与题记分布图（由陕西省考古研究院西藏考古研究室提供）

规则崖面上，现存部分可辨12行。第五组为佛诞图，该组仅有图像，画面中心为一株高大的无忧树，树下右侧有七朵基本完整的仰覆莲花，象征步步生莲。树下右侧的摩耶夫人体态高大，头戴三叶高冠，身穿阔袖袍服，脚穿圆头靴，右臂下为体态较小的佛陀。第六组为猕猴献蜜图和题记，图像区域上部为一佛二菩萨，中部为二菩萨与献蜜猕猴，下部为猕猴溺水。图像区域右下部至下部右侧，可辨藏文18行，上半部分为猕猴献蜜的故事，下半部分为佛诞故事。

勒巴沟第三造像地点位于沟内右侧近地面的一处三角形崖壁上。题材为毗卢遮那、二菩萨、二飞天。毗卢遮那和二菩萨为减地浅浮雕勾画轮廓，阴线刻画细部，二飞天为阴线刻。造像头戴三叶冠，上身斜披帛带，下身着裙，跣足。毗卢遮那禅定印结跏趺坐于莲花狮子座上，二菩萨游戏坐于莲花座上。主尊座下部有3行横书古藏文题记，内容为"向朗巴朗增、金刚手大势至菩萨及观世音菩萨顶礼，刻于马年"。

玉树地区吐蕃佛教造像题材丰富，包括以释迦牟尼为主尊的礼佛、说法、佛传和以毗卢遮那为主尊、配置以二菩萨或八大菩萨的两大类五种类型。其中的佛传故事题材

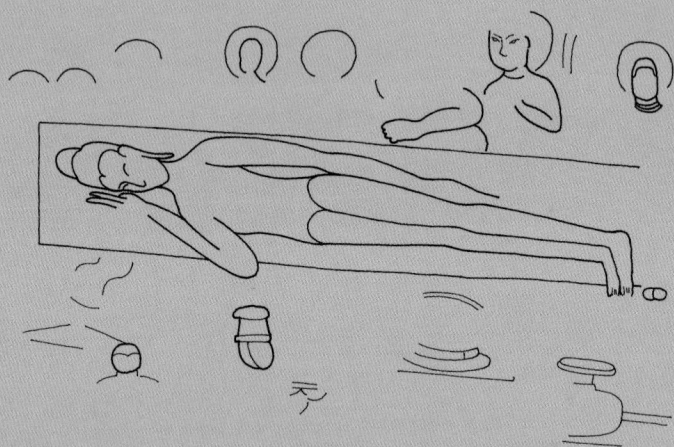

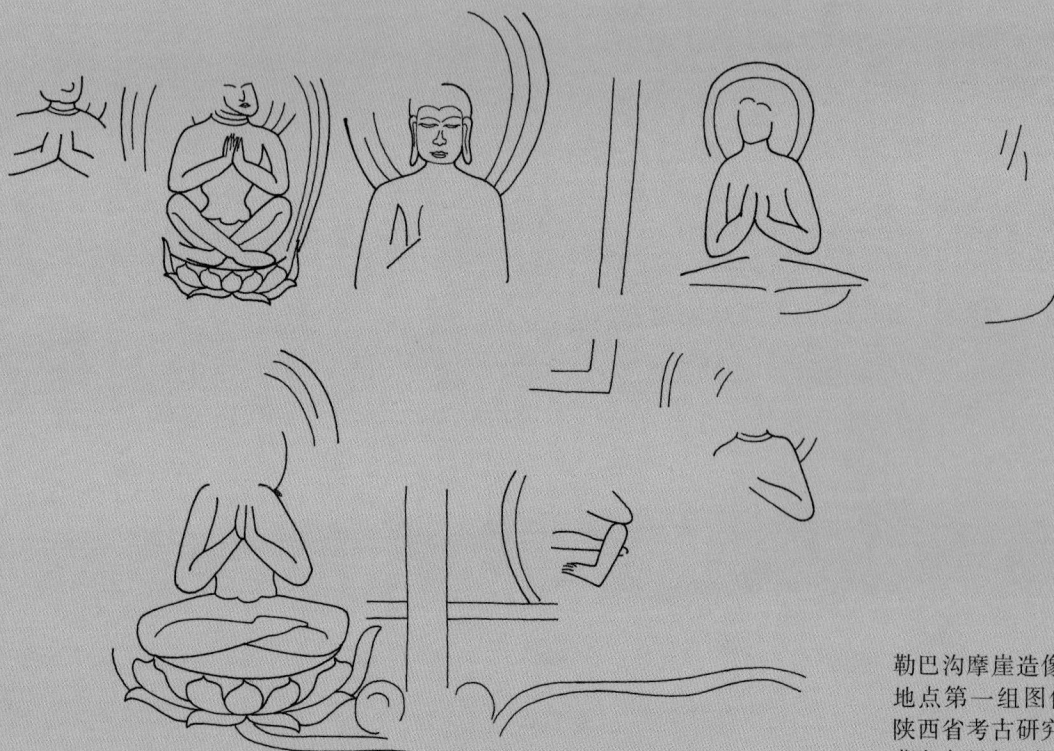

勒巴沟摩崖造像第二
地点第一组图像（由
陕西省考古研究院西
藏考古研究室提供）

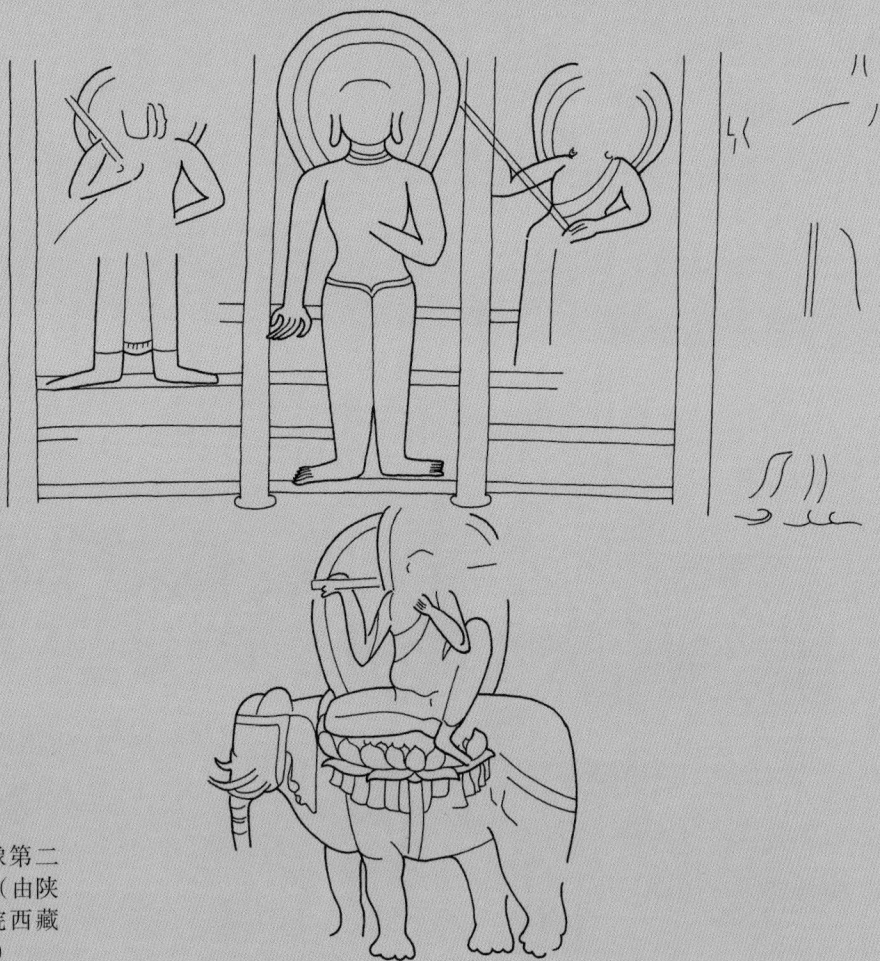

勒巴沟摩崖造像第二
地点第二组图像（由陕
西省考古研究院西藏
考古研究室提供）

勒巴沟摩崖造像第二
地点第五组图像（由
陕西省考古研究院西
藏考古研究室提供）

在吐蕃佛教摩崖造像中尚属首例,吐蕃装的摩耶夫人形象尤为重要。礼佛图和说法图等也较少见于四川西北部、西藏东部至中部地区,具有鲜明的地域特色。而毗卢遮那与二菩萨、毗卢遮那与八大菩萨的造像组合则多见于四川西北部和西藏东部地区,与文献记载的吐蕃腹地卫藏地区流行的造像题材组合相近。造像特征包括俗装、佛装和菩萨装三大类。造像伴存的题记内容丰富,数量较多,这一点与临近的四川西北部地区石渠境内发现的吐蕃佛教造像与题记具有相似性,时代为公元8世纪中叶以后至9世纪初。

勒巴沟摩崖造像第三地点主尊
毗卢遮那及右侧菩萨

勒巴沟摩崖造像第三地点右侧飞天

勒巴沟摩崖造像第三地点主尊毗卢遮那

勒巴沟摩崖造像第三地点主尊莲花狮子座、造像题记与左侧菩萨

第六部分
四川段

一、路线特点与考察纪要

唐蕃古道四川段是以考古发现为基础新确认的古道分支路线，这里北连玉树，与青海境内的传统唐蕃古道线路相通，东接江达，与自西藏东部入藏的唐蕃古道南部支线连接。该段道路经过石渠草原和洛须河谷，植被和气候均较玉树向西由藏北草原进入拉萨的唐蕃古道传统路线好，所遗留的吐蕃考古遗存也十分丰富。

6月6日晚，考察团抵达石渠县后，受到了地方政府的热情接待和周到协助。6月7日上午到8日下午，重点对石渠县境内的"照阿拉姆"、须巴神山、白马神山、麻呷镇等地的吐蕃摩崖造像进行了考察。其间，新发现了三处疑似吐蕃墓地和一处遗址。考察期间，考察团还举行了"重走唐蕃古道"的公众报告会与学术研讨会，同时考察了松格嘛呢石经城、俄热寺，参与了石渠县举行的藏族民俗文化活动。6月9日，考察团离开石渠县，在经德格县前往西藏的途中，考察了德格印经院。

二、主要考察点图文介绍

（1）松格嘛呢石经城[1]

位于四川省石渠县阿日扎乡东北，西南距离乡政府驻地约30千

---

〔1〕 松格嘛呢，又译为"松格玛尼"。

松格嘛呢石经城全景

米。坐北朝南，平面呈长方形。东西长73米，南北宽47米，外墙高约9米，中心主体部分最高点为15米。石经城全部用刻有文字和图像的石片层层砌筑而成，石片一般厚5～9厘米，两面都刻有文字或图像，朝向外侧的一面后来也补刻有文字。石经城的构筑全部采用嘛呢石片而没有任何框架作支撑，石片间不用任何粘结材料，用石千万块，历经数百年而不倒，至今仍在继续堆积中，从建筑技术方面来看是一个奇迹。

嘛呢石文化是藏区很普遍的一种宗教文化，其最常见的表现形式是嘛呢堆，但石渠县境内在公元17世纪末至18世纪出现了松格嘛呢城这样大规模的嘛呢石城，在整个藏区极为罕见，具有重要价值。

2006年，松格嘛呢石经城与同在石渠境内的巴格嘛呢石经墙一起被列为第六批全国重点文物保护单位[1]。

---

〔1〕 相关资料参见故宫博物院、四川省文物考古研究院：《四川石渠县松格嘛呢石经城调查简报》，《四川文物》2006年2期；石硕：《雅砻江源的奇观——石渠松格嘛呢石经城》，《四川文物》2005年1期。

松格嘛呢石经城局部

松格嘛呢石经城细部

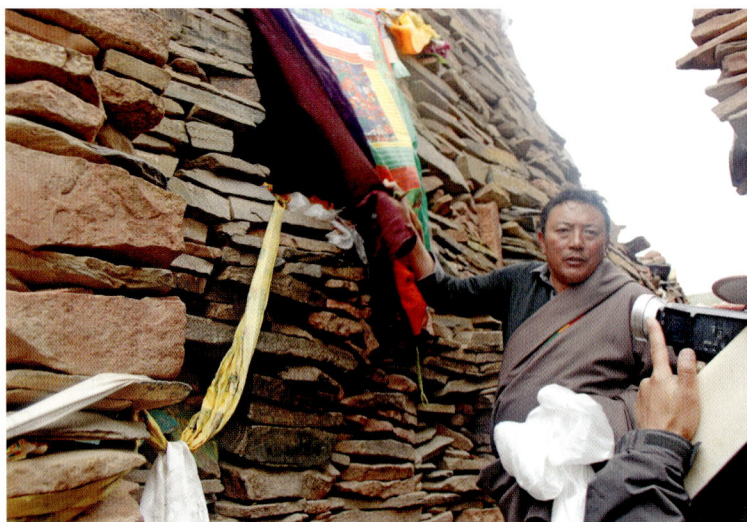

当地乡长为考察团介绍松格嘛呢石经城

（2）石渠考古新发现

在本次考察过程中，在石渠县境内新发现了4处遗存，其中3处从其形制判断可能为吐蕃时期墓葬，另外一处为建筑遗址。

阿日扎吐蕃墓葬海拔4 123米，位于阿日扎乡东北部雅砻江支流东侧的坡地上。在地表发现有排列成行的封堆，均遭到严重破坏，底部可见石砌边框，平面略呈梯形，中部凹陷，具有吐蕃（封堆）墓的特征，可能为吐蕃时期墓葬。

淌水过河前往阿日扎墓葬地点

阿日扎吐蕃墓葬

雅砻江吐蕃墓葬海拔4 014米,位于阿日扎乡东部雅砻江支流各曲的东岸。在地表发现一个疑似封堆,破坏严重,在地面呈现较低的小土包,平面略呈梯形,中部凹陷,疑似为吐蕃时期的墓葬。

雅砻江吐蕃墓葬

　　旺布洞吐蕃墓葬位于洛须镇烟角村，海拔3 467米，发现有3个疑似封堆。封堆平面呈梯形，侧面暴露有一层小石块。其中一个封堆底边22×11米，高8米。墓葬前部的台地上还采集到了粗绳纹陶片，考察团专家认为陶片时代为新石器时代。因此，旺布洞地点应为一处综合性的考古遗址。

旺布洞吐蕃墓葬全景

旺布洞吐蕃墓葬封堆

旺布洞吐蕃墓葬盗洞

旺布洞吐蕃墓葬前
台地上采集的绳纹
陶片

旺布洞吐蕃墓葬考察合影

孜莫拉扎遗址位于洛须镇洛须村和更沙村之间的孜莫拉扎金沙江北岸,海拔3 187米。在遗址现场发现暴露于地面的有规律的石块垒砌的建筑基址,并在地面发现了陶片。

孜莫拉扎遗址
石构建筑基址1

孜莫拉扎遗址
石构建筑基址2

孜莫拉扎遗址采集的绳纹陶片

须巴神山石刻群西侧修行僧房

（3）须巴神山摩崖造像与古藏文题记

位于石渠县长沙干马乡政府以北约1.5千米的须巴神山北面西侧山脚处,北距雅砻江约0.5千米,海拔3 909米。造像与题记分布在山脚长14米的范围内,共计发现造像、造像与题记、题记等13幅。西侧有修行僧人依山而建的僧房,第10、第11幅即位于僧房内。

图像内容包括佛、菩萨、飞天、动物、供养人、供养僧,服饰有三角翻领袍服、辫发、高筒状缠头的俗装造像,也有斜披帛带、三叶冠的菩萨装造像。题记内容有佛像赞颂诗、赞普祈愿文等。第5幅中提到赞普赤松德赞的名字,表明该石刻群时代在公元8世纪后半叶。

须巴神山石刻群分布规律,造像的雕刻工艺和风格特征一致,且古藏文的书写风格特点一致,因此须巴神山石刻群的13幅石刻应是雕刻于同一时期,应是赤松德赞在位时期(755～794年)或延伸到其后的王位空白期(804年)[1]。

---

〔1〕 四川省文物考古研究院、石渠县文化局:《四川石渠县新发现吐蕃石刻群调查简报》,《四川文物》2013年6期。

须巴神山石刻群第1幅石刻

须巴神山石刻群第3幅石刻

须巴神山石刻群第4幅石刻

须巴神山石刻群第6幅石刻

须巴神山石刻群第7幅石刻

须巴神山石刻群第9幅石刻

考察中席琳博士介绍须巴神山摩崖造像与古藏文题记

（4）"科考石渠——重走唐蕃古道公众考古会"

6月7日晚，在石渠县政府的组织协助下，考察团举办了"科考石渠——重走唐蕃古道公众考古会"。会议由石渠县仁青县长主持，首先由考察团席琳博士汇报了石渠县新发现吐蕃时期佛教造像的数量、特征、价值、题记内容与意义、时代；张建林研究员介绍了西藏、青海、四川吐蕃佛教造像的发现、内容、风格、意义；杨林研究员则结合丝路考古，谈了石渠考古的重要性及今后进一步开展工作的方向；水涛教授结合这次在旺布洞遗址发现的史前遗物，谈了石渠地区在前吐蕃时期的地位；高大伦院长最后就石渠县考古遗存发现的意义、今后的考古工作、文化遗产保护以及旅游开发等方面的内容，为石渠县今后的文物保护工作提出了指导性意见。发言过程中，考察团与当地政府部门领导及工作人员进行了交流讨论。最后，主持人仁青县长对研讨会进行了总结，并对考察团表示了感谢。

公众考古会现场1

公众考古会现场2

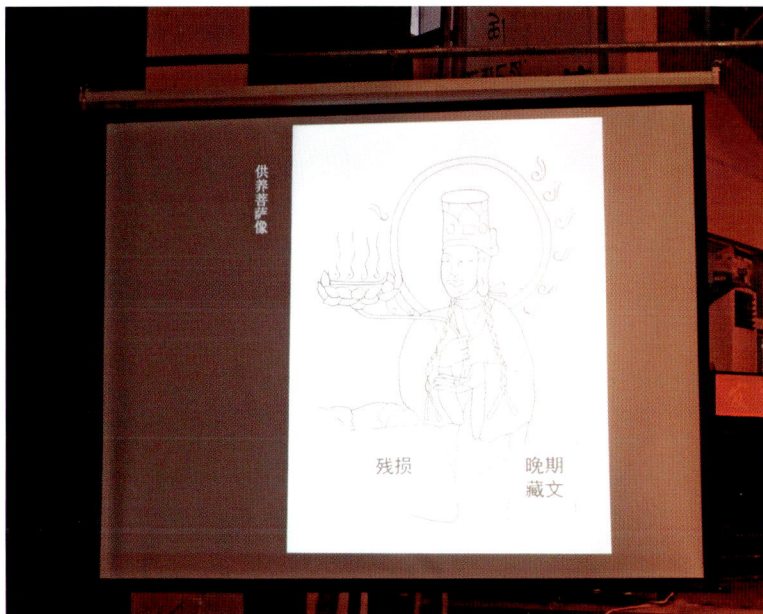

公众考古会上作关于"石渠新发现吐蕃时期佛教造像"的报告

（5）俄热寺

俄热寺又译般若寺，全称俄热（般若）佛教讲修弘扬院。现有的俄热寺是公元1818年，由噶让·江登巴建于朵康地区的吉祥宝地扎溪卡草原——石渠蒙宜乡蒙格村的藏传佛教寺院。第四世班禅洛桑曲吉坚赞曾经赐予该寺封印、公文，并恩赐主持贡智活佛为"如意宝大师"，同时赐予册封文书及印章。如今该寺拥有僧侣60名、活佛7位。现任主持第四世阿智·昂翁洛绒土登·曲吉尼玛活佛在第十六世贡智仁波切带领下，承担了寺庙内外一切事务，并尽心尽力为寺庙僧众提供学习、修行的良好环境。

俄热寺不仅是僧人生活修行和普通群众朝佛的圣地，也是石渠县收藏文物最为丰富的寺院，现收藏有铜质佛像1 000多尊，各种类型和不同时期的唐卡千余幅，还有一大批各种类别的宗教法器以及藏族民间生活用具、藏医医疗器械。以这些藏品为基础，石渠县俄热寺民俗文化博物馆也正在筹建中。

俄热寺外景

考察俄热寺收藏的民俗与宗教文物

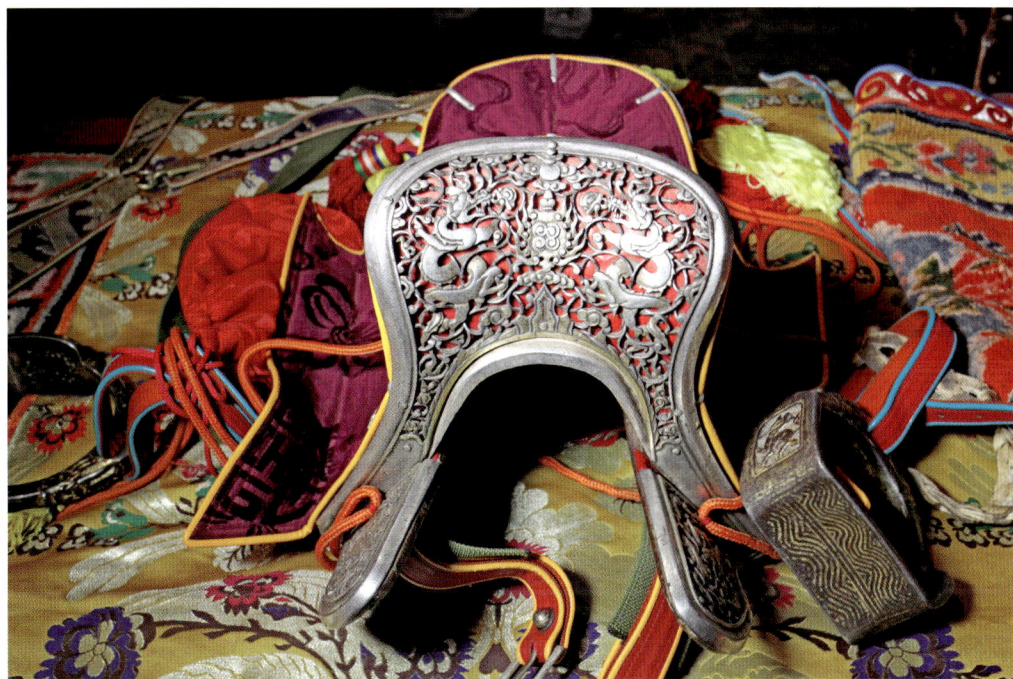

俄热寺藏马鞍

（6）"照阿拉姆"摩崖造像

位于四川省甘孜州石渠县洛须镇"丹达"沟内，洛须镇通往石渠县城的公路旁。"照阿拉姆"是藏语音译，"照阿"是山崖石的意思，"拉姆"是仙女的意思。崖石所在地海拔高3 800米，石刻坐北朝南，方向为南偏西45°，最高约28米，最宽约7.2米。

造像为阴线刻，题材为毗卢遮那与二菩萨，其下还有汉、藏文题记。主尊毗卢遮那像通高3.66米，头高0.86米，肩宽0.9米，结跏趺坐于束腰双兽莲花座上。主尊左侧菩萨身体侧向主尊方向，通高3.2米，头部高约0.6米，肩宽约0.56米，小腿和莲座部分因崖石崩落已经残损。莲座下刻有横书的藏文题记。主尊右侧菩萨高3.33米，头部高0.62米，肩宽0.46米，身体侧向主尊方向。身体右侧刻有横书藏文题记和竖书汉文题记，仰覆莲座下亦有横书藏文题记。

造像汉文题记中的"仏"字是唐代汉地流行的写法，藏文题记的字体特征所显示的年代范围为公元755年赞普赤松德赞继位到公元826年赤祖德赞进行文字改革之间[1]。

---

[1] 故宫博物院、四川省文物考古研究院：《四川石渠县洛须"照阿拉姆"摩崖石刻》，《四川文物》2006年3期。

照阿拉姆摩崖造像全景

照阿拉姆摩崖造像与汉藏文题记

照阿拉姆摩崖造像主尊毗卢遮那局部

照阿拉姆摩崖造像古藏文与汉文题记局部

烟角村石刻远景

（7）烟角村摩崖造像

烟角村摩崖造像位于石渠县洛须镇嘛呷乡烟角村金沙江北岸50米外的山腰处，海拔3 326米，方向180°。

阴线刻单尊毗卢遮那坐像，宽2.53、高3米，刻纹较浅，束高髻，戴三叶高宝冠，冠叶中央装饰花形、水滴形及方形纹饰，冠缯带末端呈鱼尾状垂于双耳两侧。面部短圆，额头较窄，眉间上方有白毫，眉毛与眼睛间距较大，上眼皮下垂，鼻头圆大，未刻画鼻梁，双耳垂肩，戴花形耳珰。有双层椭圆形头光，颈部较短，刻三道纹，戴项圈，其下端装饰三个圆形垂饰。上身袒露，双肩宽厚，从左肩至右腰上侧斜披帛带，腰部较细，腰线较高。双臂戴花形臂钏，双手戴腕钏，于腹前结禅定印。右腿居上结跏趺坐，有双层圆形身光，身光与头光相接处位置较高。仰覆莲座，双层仰莲莲瓣较宽，覆莲较窄呈叶状。造像右下部刻有藏文题记，内容为"向朗巴朗增顶礼"。

按图像题材内容和风格分析，烟角村石刻毗卢遮那像与须巴神山石刻群、照阿拉姆石刻有诸多相似之处，因此应是同时期的作品（8世纪中叶至9世纪初）[1]。

---

〔1〕 四川省文物考古研究院、石渠县文化局：《四川石渠县新发现吐蕃石刻群调查简报》，《四川文物》2013年6期。

烟角村摩崖造像毗卢遮那

烟角村摩崖造像毗卢遮那细部

（8）德格印经院

位于四川省德格县佛教寺庙更庆寺内，全名"西藏文化宝库德格扎西果芒大法宝库印经院"，也称"德格吉祥聚慧印经院"。据藏文《德格世德颂》记载，印经院系德格四十二世土司却吉·丹巴泽仁（1689～1750年）创建，始建于清雍正七年（1729年），至今已有260多年的历史。

印经院构造独特，红墙高耸，平面布局呈"回"字形。靠大门处为一楼一底，正房为二楼、三楼。三层楼参差有致，系典型的藏式建筑风格。总占地面积约5 000平方米，总建筑面积9 000余平方米。院内分藏版库、纸库、晒经楼、洗版平台、裁纸齐书室及佛殿、经堂等。其中，藏版库大小共6间，约占整个建筑面积的一半，印书操作也在其中。藏版库中排列着整齐的版架，分门别类地插满了书版，每版有一手柄，这是"德格巴尔康"的特色之一。书版规格有许多种，最大的长约110、宽70、厚约5厘米；最小的长约33、宽仅约6厘米。到18世纪80年代末，全院有书版21.75万块，每块刻两面。若每面各以600个音节计算，其字数总计约2.6亿字。德格印经院藏书以门类齐全，各教派兼容并蓄著称于世。

德格印经院周边环境与建筑

德格印经院考察并听取讲解

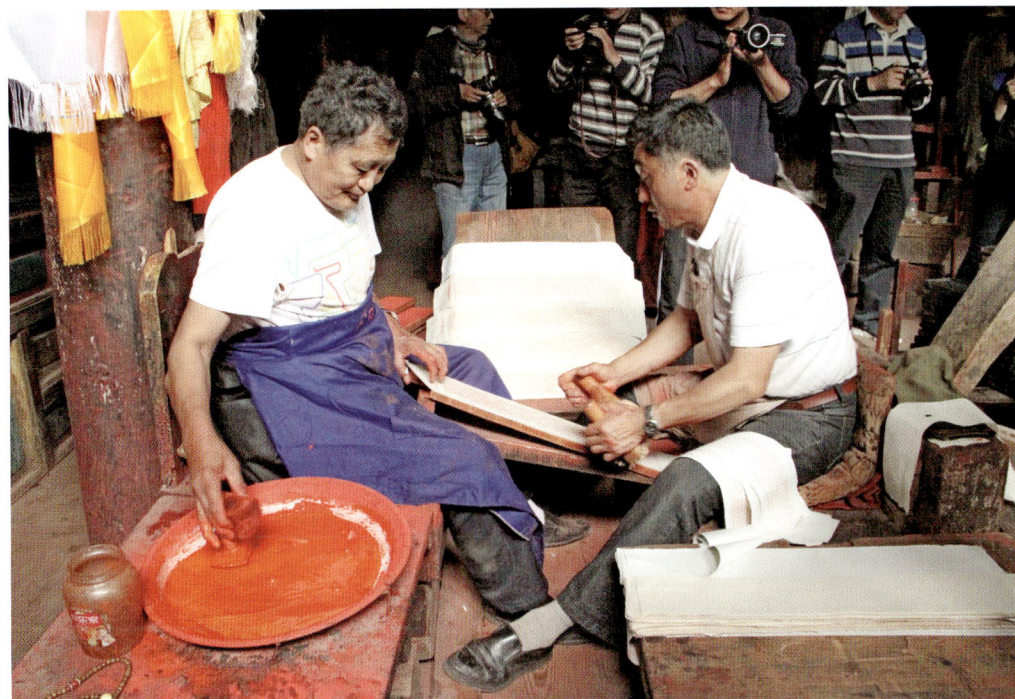

德格印经院印经场景

德格印经院藏版库所藏刻经版

第七部分
西藏段

湟源　西宁　乐都　兰州
共和　倒淌河　日月山　民和　永靖　临洮　陇西
兴海　积石山　临夏　陇县　宝鸡　扶风　武功　咸阳
天水　清水　千阳　岐山　兴平　西安

一、路线特点与考察纪要

唐蕃古道西藏境内自昌都、林芝至拉萨的南线交通也是以考古发现为主新确认的古道分支路线，既往的考察与研究中很少涉及。从四川西北部越过横断山脉地区的金沙江、澜沧江与怒江之后，进入雅鲁藏布江流域，溯流西上，最终到达吐蕃王朝的统治中心、雅鲁藏布江支流——拉萨河流域。该路段发现有大量吐蕃时期的碑刻、佛教造像、墓葬等遗存，其中不乏唐风因素的寺院建筑构件与唐蕃会盟的造像题记等。太昭古城附近的大象山（朗波日）南麓就是古道所途经之地，一直到清代，这条路线仍是进藏的重要通道。

6月9日，考察团离开德格，经德格与江达之间的金沙江大桥岗托检查站进入西藏，抵达西藏昌都地区江达县境内，开始西藏段的考察工作，历时10天，至6月18日结束。在昌都地区、林芝地区、拉萨市文物局以及西藏自治区文物局的大力协助下，重点考察了江达县西邓柯摩崖造像，察雅县向康吐蕃佛教造像，芒康县查果西沟摩崖造像，米林县雍仲增古藏文石刻，工布江达县洛哇旁卡摩崖造像、拉萨唐蕃会盟碑、查拉鲁普石窟、布达拉宫、达扎路恭纪功碑、大昭寺、噶迥寺碑等典型的唐蕃古道文物遗存。此外，还对这条路线上的数处早期或晚期文物点进行了考察，如江达县瓦拉寺、昌都县强巴林寺、小恩达遗址、卡若遗址，芒康县盐井盐田、天主教堂，工布江达县太昭古城遗址等。

二、主要考察点图文介绍

（1）西邓柯摩崖造像

位于西藏自治区昌都地区江达县邓柯乡西邓柯村境内的金沙江西岸，海拔3 289～3 364米。该处造像为2010年到2013年四川省文物考古研究院与故宫博物院、陕西省考古研究院等对石渠洛须镇附近吐蕃摩崖造像进行调查时发现并记录的。造像地点共两处，第一处位于江西侧临近江面的崖壁上，枯水期才完全暴露在外，为一尊单体线刻毗卢遮那像、禅定印、结跏趺坐、束高髻、戴三叶冠、斜披帛带、下身着裙、跣足，坐于扁平仰覆莲座上。第二处位于西邓柯村居民区后面山坡崖壁上，共4组，均为线刻，题材包括毗卢遮那、坐佛、游戏坐菩萨等，保存状况较差，零星的古藏文题刻亦不是十分清楚，难以释读。其中1组为毗卢遮那单体图像，线刻粗略，保存较差，束高髻、戴三叶冠、斜披帛带、禅定印，结跏趺坐。

连接石渠县洛须镇与江达县西邓柯村的金沙江大桥

西邓柯摩崖造像
第一地点所在崖壁

西邓柯摩崖造像第二地点全景

　　江达县与石渠县相邻,石渠县境内金沙江及其支流雅砻江流域集中分布着4处吐蕃佛教造像地点。位于金沙江沿岸的江达县吐蕃佛教造像地点应与石渠县的属于同一个集中分布区。从造像特征来看,多数造像均戴三叶冠、束高髻、结禅定印,背光造型简单。第一处造像地点和第二处造像地点的第一组造像可以确定为单尊毗卢遮那。其中,前者斜披帛带、结跏趺坐、莲瓣圆润饱满;后者的仰覆莲座仰莲圆润饱满、覆莲侧视瘦长,这些造像特征均具有明显的吐蕃时期风格。

西邓柯摩崖造像第二地点
第三组图像

（2）瓦拉寺

位于江达县同普乡格巴村西约800米，始建年代不详。南宋宝祐元年（1253年），元朝帝师八思巴前往元朝大都（今北京）途经同普时进行扩建。

该寺是江达境内的主要寺院之一，历代萨迦法王、四大堪布都曾在此弘法利生。清代四川甘孜"雅绒"部入藏时曾毁大殿，后由该寺第二世活佛及第四世活佛重建。"文革"时寺院再度被毁，1982年按原貌重建了大殿、护法神殿及僧舍65座。

现由集会大殿、护法神殿、僧舍、佛塔、嘛呢石刻等组成，占地面积约12万平方米。旧集会大殿位于寺院中心，坐西朝东，为一楼一底藏式平顶土木结构。底层由门廊和经

瓦拉寺周边环境与建筑

堂两部分组成,门廊前立有两圆形檐柱,廊壁绘有格萨尔王及妃子和岭国30大将等清代壁画。门廊后为经堂,面阔5间用4柱,16.85米,进深5间用4柱,18米,柱间距3.5米,经堂内绘有壁画,内容为释迦牟尼。

新大殿位于旧大殿南面,为近期重建。

僧舍围绕集会大殿而建,均为单层藏式平顶土木石结构。

旧大殿南侧有12座塔,其中8座塔为新建,高5米,宽3.4米;4座塔为旧塔,塔高4.5米,塔宽3米。

嘛呢石刻位于佛塔间,以石板刻成的嘛呢石堆砌而成,大致呈长方形分布,东西长67.5米,南北宽25.6米。内容以经文为主,另有部分佛像。雕刻技法有线刻和浅浮雕两种。最大石刻宽4米,高1.6米,最小石刻宽0.3米,高0.4米。

寺内至今珍藏有256尊佛像和100余幅唐卡。此外,寺内的壁画颜色鲜艳,内容丰富,具有宗教和艺术双重价值。

瓦拉寺考察中听取寺院僧人介绍

瓦拉寺院内回廊壁画

（3）强巴林寺

位于昌都境内的昂曲和杂曲两水交汇处。该寺是由宗喀巴弟子喜绕松布于公元1444年创建的，为藏东第一大寺，因寺内主供强巴佛（即弥勒佛）而得名。

强巴林寺与内地王朝的关系历来极为密切。从清朝康熙帝开始，该寺主要活佛受历代皇帝的册封。寺内至今保存有康熙五十八年（1719年）五月颁发给帕巴拉活佛的铜印。乾隆五十六年，乾隆帝为该寺赐"祝厘寺"的匾额。寺院现有帕巴拉、谢瓦拉、甲热、滚

强巴林寺

强巴林寺考察中听取介绍

多、宗洛五大活佛世系，12个扎仓，僧人最多时达5 000余人，并辖周围小寺70座。主要建筑保存完好，经堂内塑有数以百计的各类佛像和高僧塑像，绘有上千平方米的壁画以及众多的唐卡。

寺院占地面积20余万平方米，以大经堂为正殿，围绕大经堂建有佛祖殿、护法殿、大威德金刚殿、曼陀罗大殿、德央大场、9座扎仓、辩经院、八大吉祥塔等建筑。其中，大经堂占地面积1 428平方米，为三楼一底藏式土木石结构。佛祖殿占地面积3 535平方米，为二楼一底藏式土木石结构。护法殿占地面积501平方米，为二楼一底藏式土木石结构。大威德金刚殿占地面积485平方米，为四楼一底藏式土木石结构。曼陀罗大殿占地面积280平方米，为三楼一底藏式土木石结构。德央大场占地面积3 150平方米。辩经院占地面积3 548平方米。扎仓（僧舍）共9座，每座面积为483平方米，均为2层。强巴林寺各大殿的壁画达1 100平方米，汇聚了昌都噶玛嘎志、旧勉塘、新勉塘"三大画派"的精髓，集中体现了整个藏东地区绘画艺术的最高水准。

（4）小恩达遗址

位于西藏自治区昌都地区昌都县城关镇小恩达村村委会驻地、昂曲左岸一级台地上，北靠珍姆山，南临昂曲，分布范围约1万平方米，为新石器时代聚落遗址。

1980年5月，修建小恩达小学时，发现了瓮棺墓、石棺墓以及陶器、骨器、石器等遗物。1986年8月，西藏自治区文管会文物普查队在小恩达遗址进行了调查与试掘工作，发现较完整的房屋遗迹3处、灰坑1处、窖穴5处，出土打制石器87件、细石器23件、磨制石器7件、骨器19件、陶片259片。

小恩达遗址是西藏东部继卡若遗址之后，经科学调查和发掘的第二处新石器时代遗址。两处遗址分别位于昌都县的南北两处，相距17千米，均位于河谷两岸的台地上，从发现的遗迹和出土物来看，两者的文化特征基本一致，属于"卡若文化"的遗存。但从遗址文化内涵来看，小恩达遗址比之卡若文化具有明显的进步，遗址中出土的铲状器、锄状器、石刀、石斧，反映了农业经济的高度发达，石矛、重石的出现以及出土的大量兽骨，表明了狩猎劳动所占比例较大，

小恩达遗址
文物保护碑

小恩达遗址发掘区现状

表明小恩达的原始居民已进入以农业为主的定居生活，在生产工具、生产技术方面已表现出明显的地方特色和时代特征。两处遗址反映了同一文化在不同发展阶段表现出的文化特征，小恩达遗址年代上晚于卡若遗址。该遗址的发现，扩大了西藏地区新石器时代遗址的分布范围，为研究西藏和黄河流域等地的早期文化联系，探讨藏族的起源，健全和完善卡若文化的类型和序列，提供了十分珍贵的资料[1]。

---

[1]　西藏自治区文物管理委员会文物普查队：《西藏小恩达新石器时代遗址试掘简报》，《考古与文物》1990年1期。

小恩达遗址考察中现场交流

小恩达遗址堆积断面

（5）卡若遗址

位于西藏自治区昌都地区昌都县卡若镇卡若村西南澜沧江西岸卡若河出口的二级阶地上，高出江面约60米，东北紧邻214国道，西南500米处为今卡若村，南依扎日山，北接子隆拉山。

卡若遗址属于新石器时代遗址，距今约4 000～5 000年，遗址面积约1万平方米。1978、1979和2002年进行过三次发掘，出土文物3万余件。在已发掘的面积内，建筑遗存十分密集，上下重叠，左右相连，共发现房屋遗址31座、道路3条、石墙3段、圆石台2座、石围圈2座、灰坑20处、水沟1条。1996年卡若遗址被国务院公布为全国重点文物保护单位。卡若遗址具有鲜明的区域文化特征，学者们将其与文化内涵、特征等方面有相同点的小恩达等遗址所代表的考古学文化命名为"卡若文化"[1]。

卡若遗址考察中与
文保员玛丽亚合影

〔1〕　西藏自治区文物管理委员会：《西藏昌都卡若遗址试掘简报》，《文物》1979年9期；西藏自治区文物管理委员会、四川大学历史系：《昌都卡若》，文物出版社，1985年；夏格旺堆、普智：《西藏考古工作40年》，《中国藏学》2005年3期。

卡若遗址发掘区现状

卡若遗址考察中现场交流讨论

卡若遗址地表陶片与石器残块

185

（6）向康大殿与圆雕造像

位于西藏自治区昌都地区察雅县香堆镇，海拔3694米。

向康（意为弥勒殿）主要由围墙、大殿、次曲拉康（长寿泉殿）三部分组成。围墙平面近长方形，大门开在北墙和南墙中段。大殿位于整个建筑群的西部，坐西面东，建于清乾隆时期。门廊外右侧有一残损的清功德碑碑座和碑身。殿内壁面绘有千佛和尊胜佛母等壁画。大殿后部有回廊式佛堂，具有吐蕃时期佛堂布局的遗风。堂内主供强巴佛，八大立姿菩萨分列两侧供台上，均为泥塑，但这种塑像的题材组合也在一定程度上保留了吐蕃时期的特征。此外，佛堂内还有两口小铜钟，一口上有汉、

向康外景（陕西省考古研究院西藏考古研究室提供）

向康圆雕菩萨头部残块

向康造像明王头部残块

藏文铭文,汉文纪年为"皇清道光二年八月";另一口上有藏文铭文,内容为咒语等。据寺管会工作人员介绍,现在的大殿地下1.6米处发现有早期建筑的基础,但没有作考古发掘,详情不明。

　　次曲拉康位于向康大殿以东约20米处,与坐北面南的厨房和宿舍之间形成一个西端开门的小巷,由佛堂、库房和廊房三部分组成。廊房位于次曲拉康内东侧,门面北而开,平面呈长方形,进深4柱5间。佛堂位于次曲拉康内西南部,坐西面东,平面呈长方形,进深、面阔各2柱3间。堂内主供拼凑、修补、重装为弥勒的毗卢遮那,周边供台上主供祖师像等。库房位于佛堂北侧,平面呈长方形,进深3柱4间。造像残块就堆放在库房后面的低矮土

向康造像明王身体残块

187

向康圆雕菩萨像残块

台上或地面上，残损严重，拼对确认的造像个体数量达到32件，造像组合应为毗卢遮那与八大菩萨。各尊菩萨的身份根据现有特征来看，大部分无法辨明，只有残块5的手持物残存部分可辨出为金刚杵，应为金刚手菩萨。造像的主要装束为菩萨装，上身左肩至右胁斜披帛带，下身着裙，束高髻，头戴三叶冠。毗卢遮那法界定印、结跏趺坐，菩萨游戏坐，高台式仰覆莲座，背光装饰简单朴素，具有吐蕃时期佛教造像，尤其是菩萨造像的风格，时代应为公元9世纪前期。除造像残块外，还发现有3块早期建筑的础石残块，这也说明造像最初便建有佛殿供奉。造像及础石的雕凿技法以圆雕为主，辅以浅浮雕和阴线刻表现细部。不过，该处造像的圆雕是将背光与像雕在一体的背屏式，莲座均有圆形子母口榫眼[1]。

---

[1] 张建林、席琳：《芒康、察雅吐蕃佛教石刻造像》，载樊锦诗主编、敦煌研究院编：《敦煌研究院学术文库：敦煌吐蕃统治时期石窟与藏传佛教艺术研究》，读者出版集团、甘肃教育出版社，2012年。

向康圆雕主尊毗卢遮那

（7）盐井盐田

位于西藏自治区昌都地区芒康县纳西乡境内的澜沧江两岸，共计三处：第一处为加达盐井盐田，隶属于纳西乡加达村加达组，位于澜沧江右岸，总面积约3.5万平方米，南北长445米，东西最宽处约95米。最上层距江边约95米，高出江面约30米左右。第二处为上盐井盐田，即色曲龙——雅卡盐井盐田，隶属于纳西乡上盐井村盐业组，位于澜沧江左岸，总面积约2.8万平方米，南北长364米，东西最宽处约77米，上下高差约41米。最上层距江边约120米。第三处为下盐井盐田，即溪同卡盐井盐田。位于澜沧江左岸，隶属于纳西乡纳西村宗格组，总面积约3万平方米，南北长474米，东西最宽处约115米，上下高差50.47米。

加达盐井盐田远景

盐井盐田及卤水池

　　每处盐井盐田区都由卤水井、石构卤水池、土木结构盐田、盐田下存盐处、盐仓几部分组成，制盐工具主要包括盐田拍、水勺、桶、刮盐板、夹盐板、扁担、斗、袋等。历史上，盐井盐田所产的盐是茶马古道上最重要的物资之一，发展至今，盐井盐田的建构、生产方式都没有发生大的变化（《盐井乡土志·盐田》）。

　　井盐是人类四大产盐方式（海盐、池盐、湖盐、井盐）之一。中国是世界上生产井盐最早的国家。公元前200多年的战国时期，在川西平原就有李冰"穿广都盐井诸陂池"的记载，最近的三峡考古将四川盐业生产的历史向前推至商周时期。昌都地区一直是我国较早生产盐的地区之一，在地处连通川、滇、藏地区的"茶马古道"上，现在只有芒康县纳西乡盐井盐田继续生产盐。芒康盐井沿袭早期流传下来的传统工艺，从择地凿井，到搭建土木结构的盐田、晒盐、贩运，均保留原有技术和形式，是目前世界上少有的原始盐业生产活化石之一[1]。

─────────────

〔1〕　西藏自治区文物保护研究所、陕西省考古研究院、四川省文物考古研究院：《西藏自治区昌都地区芒康县盐井盐田调查报告》，《南方文物》2010年1期。

考察盐井盐田并听取当地负责人介绍

收盐

下盐井废弃的盐田

下盐井盐田远景

加达盐井盐田的独木梯

（8）查果西沟摩崖造像

位于西藏自治区昌都地区芒康县纳西乡上盐井村查果西沟内,距214国道2千米,海拔2 730米。

造像所在的小拉康由觉龙村噶达寺管辖,是当地一处重要的宗教活动场所。造像雕凿在拉康内中部偏后处一块面南的大石和一块面西的小石上。据岩石外观和周围崖面情况观察,此二石最初可能位于沟北侧崖壁中上部,远古崩落坠地,后被利用凿刻造像。

造像共7尊,其中5尊雕凿在大岩石上,自西向东依次编号为1～5号;2尊雕凿在小岩石上,其中西面浮雕1尊俗装供养人坐像,编号为6号;东面阴线刻一尊半身佛装佛像,编号为7号。

这7尊造像从位置、雕造技术、造像特征等来看,时代和题材应不尽相同,可以分为三组。第一组为1～3、6号造像,为9世纪初的吐蕃时期造像;第二组为5号造像,雕凿时代较第一组晚;第三组为4、7以及5号背光外侧的阴线刻龛楣,该组造像时代最晚。

查果西沟摩崖造像全景

查果西沟摩崖造像主尊毗卢遮那

查果西沟摩崖造像主尊左侧菩萨及供养人

查果西沟摩崖造像供养人

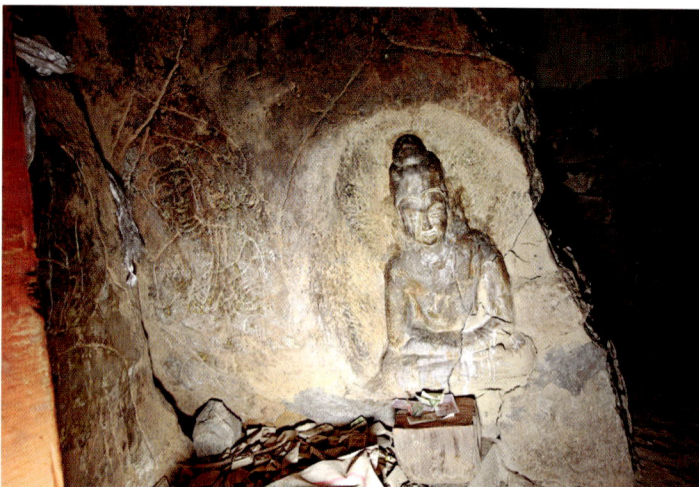

查果西沟摩崖造像线刻坐佛
与浮雕坐像

　　查果西沟造像均为佛教造像，主体为吐蕃时期的俗装毗卢遮那与二菩萨、一供养人四尊造像，即第一组。这四尊造像表明，吐蕃时期本土化程度很高的佛教造像已经出现。同时，其禅定印毗卢遮那与二菩萨的造像组合是8世纪中后期以来流行于卫藏——藏东——敦煌地区的禅定印毗卢遮那造像的重要组合形式之一。而其他二组造像以及延续至今的佛教寺院、摩崖铭刻、造像，则反映了查果西沟在吐蕃王朝之后依然是重要的藏传佛教传播地[1]。

―――――――――

〔1〕　西藏自治区文物保护研究所、陕西省考古研究院：《查果西沟摩崖造像2009年考古调查简报》，《考古与文物》2012年3期。

（9）天主教堂

位于芒康县纳西乡上盐井村，国道214西侧，是西藏目前唯一的天主教堂，1865年由法国传教士邓德亮神父和比神父创建。1865年至1949年，先后有17位外国传教士来此传教。

从1986年开始，各级政府和教民自己集资，在原有的墙基上重新修筑了建筑结构与当地民居相同的藏式平顶教堂。2002年，拆除了原来建筑，在原址重新修建了现在看到的天主教堂，由教堂、钟楼和神父住宿房三个部分组成。占地面积12 225平方米，建筑面积2 618平方米。教堂坐西朝东，位于建筑群的中心，主供圣母像及带十字架的

天主教堂远景

耶稣像。另悬挂圣母、耶稣画像多幅,肋拱屋顶。神父的住宿房位于教堂前面的庭院中,高二层,藏式平顶。钟楼位于教堂的北面,高三层。

教堂所在地百分之八十的村民信奉天主教,信徒559人。同一家中不同的成员或信奉天主教,或信奉佛教,不同宗教在这里和谐共处。教堂事务由当地藏族神父主持,现有管理人员5人、神父1人、修女2人。教堂内吟诵译成藏文的《圣经》。信徒由神父取名,名字多为圣母、圣徒之名(如玛利亚、保罗等),丧事也按天主教的仪轨进行安葬。现有天主教墓地一处。此外,由传教士带来的葡萄酒酿制技术流传至今,这里所产的红葡萄酒也十分著名。

盐井天主教堂是西藏自治区境内尚存的唯一一座天主教堂,其建筑风格兼具藏汉建筑之精华和西洋建筑之长,是研究天主教在西藏传播、发展不可或缺的重要资料。

教堂及神父住房

教堂内部

考察天主教堂并听取昌都地区文物局洛曲局长介绍

（10）雍仲增古藏文石刻

位于西藏自治区林芝地区林芝县米瑞乡雍仲增村东侧，西北距离地区驻地八一镇48千米，东距米瑞乡府驻地约10千米，南临雅鲁藏布江，后靠苯日神山，地处雅鲁藏布江的河流阶地。1996年被公布为西藏自治区文物保护单位。

石刻是在一块天然巨石上凿刻而成的。大岩石高3米，宽4米余，整体略呈长方形的立方体，依岩石弧凸面磨光平整，其上下及左右有明显的边框凿刻痕迹。边框内镌刻古藏文21行，均阴刻，多数文字清晰可辨，基本依循了刻碑时期吐蕃王室流行的敕令文字格式、字体规格。碑面高2米，宽1.6米。顶部留有边框，其上凿刻痕迹明显，高0.08～0.1米，边框平面比碑面略低0.05米。碑面下方雕刻出长方形碑座，长1.6米，高0.25米，从碑面往外凸出0.2～0.25米。在其突出面上，原来浮雕有10个雍仲符号，完整或基本完整存留于碑座上的雍仲符号共7个，其余3个已经完全损毁，看不清具体形制，但能确定它在碑座所处的位置。西藏文管会文物普查队简报中所叙

共有"雍仲符号11个"的数字有误,多数人在已经公开的资料中,都记述为10个雍仲
符号。

　　这座碑刻左右、正前方和顶部使用大型条石、石柱和石板制作了一个非常完
备的岩棚。岩棚顶部由两块梯形石板拼接,遮盖了碑刻前面的空间,形成一个"屋
檐";碑刻左右两侧,紧贴岩石各侧边,铺架有一块长方形大石块,作为两个侧边
"筑墙";两个侧边大石块前,各立有一根石柱子,两个石柱子上面横向架设一块大
条石,在其之上铺设顶部岩棚石板。两个石柱子中间又铺设一块条石,右侧石柱
子西外侧又立一块石头(其用途尚不明确)。因碑刻前方岩棚覆盖范围内的地面
要比目前地面要低,所以石柱子内外侧的高度不同。石柱上下略有收分,下宽上
窄,其内侧尚制作一个叠涩台子。正前方石柱子东西向相对应的内侧面分别刻有
一个槽子,上述东西向两个石柱内侧的槽子和两个石柱间外侧地面铺架的一块条
石内侧(北侧,靠近碑刻一侧)凿刻有四个槽子,是构成碑刻正前方一个"栏窗"的
装饰。

　　碑文共21行文字,为吐蕃时期流行的古藏文乌金体正楷书写。其内容主要为赞普
赤德松赞(798～815年在位)期间,应其属部首领工噶波芒波杰(也被译为"工嘎布荞
布支")家臣们的祈请,而颁诏的重申和续证前一代赞普赤松德赞(755～797年在位)
之盟誓[1]。

　　碑文内容分上下两段,上段先讲述赤松德赞及德松(及赤德松赞)父子时期,曾给
工噶波芒波杰颁赐过的敕令,并追述工噶波芒波杰与吐蕃王室同源于第八代吐蕃赞普
直贡赞普,现因遭遇地方官吏对工噶波王统治区域内施行苛刻赋税政策,故请求减税与
永远安定之诏令。下段先说明赤松德赞曾颁赐给工噶波王的诏令,然后说明王子德松
时期,又为工噶波王及其子孙后代颁发了增补内容的敕令。此敕令允准工噶波的特殊
权利及首领王位可由其后代传承,若无直系嗣子继承,可允准其近亲承袭;可免去各种
苛捐杂税。说明此令是王子德松期间,王与臣商议后决议下诏的。该石刻为我们研究
与剖析吐蕃王朝历史,提供了极其珍贵的实物资料。

---

〔1〕　王尧编著:《吐蕃金石录》,文物出版社,1982年,第101页。

观察石棚结构

石刻近景

石刻古藏文

夏格旺堆研究员讲解石刻内容与意义

（11）洛哇旁卡摩崖造像

位于西藏自治区工布江达县江达乡太昭村西约2千米的朗波日山东南麓。凿刻于面西、面北的两部分崖壁上，共计六组。中间一组共雕刻6尊像，题材为一佛二菩萨，佛像高肉髻，身着袒右袈裟，左手作禅定印，右手作指地印，跏趺坐于仰覆莲座上，头顶华盖装饰有三角折线连续纹及花纹等图案。左侧胁侍上身袒露，下身着裙；右侧胁侍站于仰莲座上，头戴三叶冠。右侧胁侍外侧有一尊阴刻人像，似为一袒右袈裟佛像；左侧胁侍外侧有两尊阴刻人像，上方似为一尊佛，似有头光、背光及肉髻，着长袍；下方似为一俗人，服装具有内地汉人长袍特点。主尊造像左侧有三组，右侧有两组。左侧三组的第一、三组中有后期凿刻的六字真言；第二组中有1座阴刻四塔阶佛塔，风化严重。右侧两组的第一组中，在崖面靠近底部有两排雕刻作品，第一排有8座佛塔，第二排有1座佛塔和2块古藏文题刻；第二组中有1座佛塔。佛塔高0.67～0.96米，皆为覆钵塔，三塔阶或四塔阶，三轮、四轮或五轮，具有早期佛塔形制结构特征，与主尊造像的凿刻年代当为同一时期，最晚不超过公元9～11世纪。两块古藏文题刻字体特征也为这处摩崖造像有可能为9～11世纪作品提供了佐证，字体中出现有藏文元音字母"i"的反写，题刻内容中有"佛陀""殊胜戒律"等内容。

洛哇旁卡摩崖造像远景

洛哇旁卡摩崖造像全景

　　此处摩崖造像是距离西藏中部地区最近的一处早期摩崖造像地点。尽管目前尚不能准确推断洛哇旁卡摩崖造像的具体年代，但从造像及佛塔特征与风格看，初步认为其年代为公元9～11世纪。值得一提的是，洛哇旁卡摩崖造像、佛塔以及与佛教"戒律"相关的古藏文题记共存的现象，是目前所知西藏境内摩崖造像中罕见的实例。这对研究西藏地区早期佛教造像题材内容、佛教造像艺术、佛教史，甚至社会文化发展史具有重要的价值和意义。同时为研究西藏地区早期佛塔史，提供了非常珍贵的实物参考[1]。

---

〔1〕　西藏自治区文物保护研究所：《西藏工布江达县洛哇旁卡摩崖造像考古调查简报》，《考古与文物》2014年6期。

洛哇旁卡摩崖造像局部

洛哇旁卡摩崖造像佛塔与古藏文题记

考察洛哇旁卡摩崖造像并现场交流讨论

（12）太昭古城

位于西藏自治区林芝地区工布江达县江达乡太昭村。太昭，原名江达。民国元年（1912年），川边经略使尹昌衡在构建西康建省框架时，以其字太昭为江达易名，拟定江达为太昭府，但未实行。只是在江达设局，起名太昭局。嗣后，才被称为太昭县。

据《西藏王统纪》记载，太昭（即江达）古属娘布之地，由十二小邦国之一的娘布邦国统治。从唐代以来，太昭一直是西藏和内地联系的重要处所，唐蕃古道就经过太昭村西北面大象山（朗波日）南麓。位于大象山南麓属吐蕃时期的洛哇旁卡摩崖造像为唐蕃古道的存在提供了有力佐证。刘赞廷著《太昭县图志》载，元代时"止贡巴族人名金刚称者受元世祖诰封为甲达万户长，甲达即江达也"。明清时期在此设置驿站，建有供进出官员住宿的官寨。公元1720年清政府在江达建立驿站并派兵驻守，因而今日古城仍存留有众多重要的清代遗物。清军驻扎此处时，不仅捐款兴修桥梁（现存"甲桑"桥遗址），还建有清兵墓地、关帝庙、观音殿等。清嘉庆二年（1797年），为修葺太昭江边险道之记功而立有一通"修路记功碑"。清道光二十年（1840年，藏历第十四饶迥铁鼠

太昭陈列馆外景

考察太昭陈列馆并听取管理人员讲解

太昭陈列馆展品

年），驻藏大臣孟保住宿太昭时，为行台题写"威镇西南"的匾额。清朝和民国时期，太昭是川藏大道上的重要驿站，设台站、塘汛等机构，由守备、操兵员据守，并立有"泰山石敢当"石碑一通。

（13）查拉鲁普石窟

位于西藏自治区拉萨市城关区吉崩岗办事处药王山东侧山腰上。据《贤者喜宴》记载，该石窟始建于松赞干布时期，创建人为茹雍妃洁莫遵。"文革"时期受到破坏。1962年，十世班禅却吉坚赞出资维修。1979年，土登旺久出资再次维修，隶属功德林寺。

石窟寺依山而建，分为三部分，依次名为乃曲拉康、觉卧拉康、东夏拉康。觉卧拉康年代最早，由经堂、石窟洞组成。经堂南北各辟一门，南入北出，内部面阔、进深均为三间二柱，四壁彩绘有壁画。经堂后为石窟，洞口朝东，洞内有一中心柱，平面呈不规则长方形。中心柱与洞壁之间是一条狭窄的转经廊。洞内造像共计71尊，除两尊泥塑外，均为石胎泥塑像，分布在中心柱四面和石窟南、西、北壁上。其中中心柱四面共有14尊造像，皆为高浮雕，多残损，重修时残缺部分用泥塑补全，造像种类有一佛二弟子二菩萨、不动佛、松赞干布及二妃子等。窟壁上凿刻有千佛、持金刚、三世佛、莲花生大师、观音等造像。该石窟1996年被自治区人民政府公布为西藏自治区文物保护单位。

查拉鲁普石窟为平面呈长方形的中心柱窟，这种形式的石窟在我国其他地区是专作供养礼拜的，流行于北魏至隋唐之间，唐代之后不见。公元1564年成书的藏文史书《贤者喜宴》明确记载，查拉鲁普石窟是由松赞干布的藏妃茹雍主持开凿的。藏族本不信佛，茹雍妃开凿石窟当在二公主与松赞干布结婚和佛教传入之后，由此推断，查拉鲁普石窟当开凿于公元7世纪40年代中期，即唐代早期。而窟内的造像并非同一时期雕凿，第一期造像开凿时间为公元7世纪中叶至9世纪初叶；第二期造像为公元12、13世纪；第三期造像为公元14、15世纪[1]。不过霍巍先生认为，造像的衣饰、造型具有印度后期波罗王朝佛像的特征，所以其年代不早于公元8世纪[2]。

---

〔1〕 西藏文管会文物普查队：《拉萨查拉鲁普石窟调查简报》，《文物》1985年9期。
〔2〕 霍巍：《吐蕃第一窟——拉萨市药王山札那路浦石窟的几个问题》，《考古与文物》2003年1期。

查拉鲁普石窟造像力士像

查拉鲁普石窟菩萨像1

查拉鲁普石窟菩萨像 2

查拉鲁普石窟文成公主像

查拉鲁普石窟松赞干布像

查拉鲁普石窟菩萨像3

查拉鲁普石窟菩萨像4

（14）布达拉宫

　　位于西藏自治区拉萨市城关区吉崩岗办事处红山上。公元7世纪由吐蕃第三十三代赞普松赞干布建造，是吐蕃王朝的王宫与行政中心。公元1642年，五世达赖喇嘛建立甘丹颇章政教合一地方政权，拉萨再度成为西藏地方政治、宗教、文化、经济中心。公元1645年，五世达赖喇嘛决定重建布达拉宫。公元1648年基本建成以白宫为主体的建筑群，将行政办公地由哲蚌寺移至布达拉宫白宫。从此，布达拉宫成为历代达赖喇嘛居住并进行宗教活动、处理行政事务的重要场所。公元1690年至1694年，第司桑杰嘉措陆续扩建红宫，修建了以五世达赖喇嘛灵塔殿为主的红宫建筑群。十三世达赖喇嘛在位期间，又在白宫东侧顶层增建了东日光殿和布达拉宫山脚下的部分附属建筑。1933年十三世达赖喇嘛圆寂，灵塔殿建于红宫西侧，并与红宫构成统一整体。至此，形成了今日所见布达拉宫的建筑规模。

布达拉宫远景

1961年，布达拉宫被列为第一批全国重点文物保护单位；1994年，被列为世界文化遗产。经过历代增建、维修，现在的布达拉宫占地面积40万平方米，建筑面积13万平方米，主楼红宫高达115.703米，形成了包括宫殿、灵塔殿、佛殿、经堂、僧舍、庭院等诸多功能区在内的巨型宫堡。

布达拉宫白宫外景

布达拉宫无字碑

布达拉宫金顶

达扎路恭纪功碑

（15）达扎路恭纪功碑

位于北京中路南侧、布达拉宫广场东北角，与布达拉宫隔北京中路相望，碑外建有围墙院落保护。碑帽为四坡平顶，四角微上翘，坡面上有两层叠涩台阶，再上为两层葫芦状摩尼宝珠，最顶部为弧尖三角形缠枝花纹包裹的三个呈"品"字形排列的圆珠装饰。碑身呈方柱形，截面方形，整体下宽上窄。碑座为三级叠涩台阶式[1]。碑通高约8米，其形制受到了以长安地区唐代石台孝经碑、临洮唐代哥舒翰纪功碑等为代表的唐代方形碑身、庑殿顶碑首、方形碑座形制的影响。

碑身正面、背面、左面三面有字，正面藏文68列，左面藏文16列，背面藏文74列[2]。正面碑文讲述了赞普对达扎路恭及其子孙所给予的告身等级以及所享受的种种特权等。左面碑文讲述了任命达扎路恭为大内相、平章政事的诏命。背面碑文赞颂了达扎路恭在吐蕃内政及对唐战争中的卓越才能与伟大功绩。据碑文所载其率兵攻唐推测，该碑应立于唐代宗广德元年（763年）之后、赤松德赞逝世（798或797年）之前。

---

〔1〕　张仲立：《西藏地区的碑石及其渊源浅谈》，《文博》1987年5期。
〔2〕　王尧：《恩兰·达扎路恭纪功碑》，《社会科学战线》1981年4期。

碑帽

碑身文字

大昭寺远景

（16）大昭寺

位于拉萨市城关区八角街。藏语称"祖拉康""觉康"。"祖拉康"有神庙、庙宇之意；"觉康"为佛殿、释迦佛殿。大昭寺的藏语全名在汉语译为"逻些显幻之神庙"（Ra sa vphrul snang gTsug lag khang），它是目前西藏境内影响力极大的吐蕃时期佛教建筑，始建于公元7世纪中叶，后经多次修葺和扩建，形成了今天占地2.51万平方米的大型佛寺建筑群。旧拉萨的繁荣地段，实际上是围绕大昭寺发展起来的。因此，后期的藏文文献及口耳相传中将其命名为热萨（逻些，即今所说的"拉萨"）祖拉康。由于它具有特殊的历史背景，所以被历代西藏官民僧俗重视，不断进行补建增修，现存大昭寺建筑在平、立面布局和许多建筑装饰方面，均体现了显著的时代特征。

现存大昭寺建筑以初建时期的中心佛殿为中心，由内向外层层扩建。以中心佛殿的外门和主殿释迦牟尼佛殿门为轴线，在其外围前方修建的千佛廊院的门即大昭寺正门，

外门、殿门、正门均朝向西。用于礼拜和朝佛的殿堂除了中心佛殿外，主要分布于中心佛殿正前方补建的千佛廊院、中心佛殿外的礼拜廊道以及上述两组建筑楼层之上。寺院主体建筑由中心佛殿（其中包括作为主殿的释迦牟尼佛殿），千佛廊院，中心佛殿外的礼拜廊道，礼拜廊道外围绕中心佛殿的各个外围佛堂，补建于千佛廊院南侧的南院、灶房，分布于中心殿和千佛廊院外围的各种库房、供品制作房以及大昭寺正门前方的唐蕃会盟碑、劝人种痘碑、传说唐公主所植的柳树、南院东南外围的辩经场等组成。现存建筑主体坐东面西，高四层，布局结构上再现了佛教曼陀罗坛城的宇宙理想模式。

根据宿白先生研究，大昭寺建筑在形制上，至少有四个不同阶段的遗存：

第一阶段，公元7世纪中叶至9世纪中叶，这一时期的主要遗存为中心佛殿的第一、二层建筑。其方形内院或绕置小室的布局及雕饰的木质构件，可以明确它较多地受到了印度寺院的影响。

第二阶段，公元9世纪中叶至14世纪中叶，这一时期出现前期所没有的内地斗拱的木构架，中心佛殿第一层殿门内两侧增设了龙王堂，又在殿门前庭两侧兴建了护法堂，中心佛殿二层廊道壁面出现同一时期的壁画。

第三阶段，这个时期基本与帕竹政权相始终，时代范围为公元14世纪中叶至16世纪中叶。这一时期内变动最大的是中心佛殿天井部分。一是原有四周廊柱前方建四方抹角柱一匝，柱顶设栌斗，其上置托木，上承外延至廊檐。托木下缘仅具简单曲线，无雕饰。二是在原平面略呈方形的天井中后部分树高柱，其上建天窗。高柱及其上托木的形制略同于上述新设的四方抹角柱和托木。

第四阶段，以藏巴第斯政权时期为主，时代为公元16世纪中叶至17世纪40年代时期。这一时期补建增修的建筑有大昭寺外大门、千佛廊院、中心佛殿外围的礼拜廊道和中心佛殿第三、四两层的建筑。公元17世纪40年代五世达赖时期，不但大规模地修葺了中心佛殿，而且对其围廊进行了较大的维修。同时，在寺院大门门楼上下两层增建了五世达赖的拉让和第斯的寝室等，大昭寺遂成为西藏地方政府管辖的一个重要寺

大昭寺门廊

大昭寺金顶

院。后来西藏地方政府政权机构噶厦设在大昭寺南面，其他许多地方政府的机构设在大昭寺的四周，大昭寺从一个单纯的佛教圣地逐步变成西藏地方政府政教合一统治的基地[1]。

　　大昭寺内藏有各种铜像、唐卡、经卷等，其主尊供奉的是释迦牟尼12岁等身合金铜像和极具中亚装饰风格的兽首银壶等。1961年，大昭寺被国务院公布为第一批全国重点文物保护单位。2000年，联合国教科文组织将大昭寺作为布达拉宫的扩展项目列入《世界遗产名录》。环大昭寺内中心的释迦牟尼佛殿的一圈称为"囊廓"，环大昭寺外墙的一圈称为"八廓"，以大昭寺为中心，将布达拉宫、药王山、小昭寺包括进来的一大圈称为"林廓"，是朝圣转经的主要路线。

---

[1]　上述内容主要参考了宿白：《藏传佛教寺院考古》，文物出版社，1996年，第1～17页；西藏自治区文物管理委员会：《拉萨文物志》，1985年内部印刷，第18～21页。

（17）唐蕃会盟碑

位于拉萨市城关区八角街大昭寺广场上，又名长庆会盟碑、甥舅和盟碑，古代藏文文献称之为逻娑碑，系为纪念唐蕃长庆会盟（唐长庆三年、吐蕃王朝彝泰九年，即823年）而立。据文献可知，从公元706年到822年，吐蕃和唐朝之间的会盟达8次之多。公元823年所立的唐蕃会盟碑，记载的便是第八次会盟的盟文。当时正值唐与吐蕃双双衰败之际，为了各自集中精力应付内部严重危机，双方遂决定停止构兵，互相扶助，订立盟约。公元821年（唐穆宗长庆元年；吐蕃彝泰七年）唐朝和吐蕃双方派使节，先在唐京师长安盟誓。次年又在吐蕃逻些（拉萨）重盟。公元823年，将盟文用汉藏两种文字刻石立碑。

石碑通高5.6米，由碑座、碑身和碑首三部分组成。碑首为四坡平顶，上置莲座宝珠，宝珠上雕四条凸棱，并有小涡旋纹；下部四周边缘雕刻有排列疏密匀称的升云图案。碑座为龟趺，由一块整石雕刻而成。碑身为长方形截面柱形，上部有收分，高3.8米。下端宽0.88、厚0.39米；上端宽0.7、厚0.35米。碑四面均刻有文字：西面为碑阳，

唐蕃会盟碑全景

刻有盟约文本，为汉文和藏文两体文字，藏文为左半部分，横书；汉文为右半部分，自右至左竖排；北面为吐蕃参与此次会盟的官员名单，共17人，上为藏文，下为姓氏与职衔的汉字译音；南面为唐朝参与此次会盟的官员名单，共18人，上为藏文，下为汉文；东面为碑阴，全部为藏文盟词。西面盟文起首为"大唐文武孝德皇帝与大蕃圣神赞普舅甥二主商议社稷如一，结立大和盟约，永无沦替，神人俱以证知，世世代代使其称赞，是以盟文节目题之于碑也"；东面藏文盟词起首为"大蕃圣神赞普可黎可足与大唐文武孝德皇帝和叶社稷如一统，立大和盟约，兹述舅甥二主结约始末及此盟约节目，勒石以铭"。

　　该碑对研究吐蕃历史、唐蕃关系、吐蕃姓氏、唐蕃语音和吐蕃时期的官制、宗教及政治文化来说，是极为宝贵的资料[1]。

唐蕃会盟碑碑身汉藏文字

唐蕃会盟碑碑帽

唐蕃会盟碑龟趺

---

〔1〕　任乃强：《唐蕃舅甥和盟碑考》，《康导月刊》第5卷7、8期，1943年；佐藤长：《唐蕃会盟碑研究》，《东洋史研究》通卷第10卷第4号，1949年，第237～281页；王尧：《吐蕃金石录》"唐蕃会盟碑"条，文物出版社，1982年。

三、拉萨总结会

6月16日晚，考察团抵达唐蕃古道终点拉萨。6月17日清晨，迎着高原初升的太阳，全体人员与车辆齐集布达拉宫正南方向的拉萨河南岸，以布达拉宫与拉萨河为背景合影，纪念此次五省（区）联合唐蕃古道考察顺利到达吐蕃王朝的政治中心——逻些，之后开启了在拉萨为期两天的考察工作。

6月18日，结束西藏段的实地考察工作后，在驻地邮政宾馆二楼会议室召开了总结会议。会议由西藏自治区文物保护研究所哈比布所长主持。考察团总负责人张建林研究员首先对此次考察进行总结，认为这是一次长距离、大跨度、短日程、多人员和车辆、管理难度非常大的考察活动，途经区域自然环境复杂、民俗文化多样，对考察人员的身体状况和专业知识要求也很高，不过全体考察团成员通过跨省区有效协作、多学科合作、细化分工、相互协助，仍然圆满完成了预期的考察任务，还新发现了数处文物点，开展了有效的文化遗产保护与宣传，增进了各省区文物工作成果的交流，是一次成功而有益的尝试，从考古学等多学科再次对唐蕃古道进行了全面考察，为这一重要的古代线性文化遗产的保护提供了重要依据。之后，五省区考察活动的业务负责人席琳、张俊民、宋耀春、李飞、夏格旺堆分别对各省区考察的情况进行了汇报。总结会第三项为交流讨论，陕西省考古研究院王小蒙副院长、青海省文物考古研究所贾鸿键副所长与蔡林海助理研究员、西藏自治区文物保护研究所哈比布所长分别发言，其他人员则就文成公主与唐蕃古道、跨省区小范围课题性合作、唐蕃古道走向选择与环境的关系等问题进行提问讨论。贾鸿键所长还分享了20世纪80年代所参与的那次唐蕃古道专题考察的心得体会，肯定了两次专题考察的必要性和各自的价值。

最后，考察总负责人张建林研究员安排了后期的考察资料管理、整理与编辑出版事宜，主要由陕西省考古研究院席琳与四川省文物考古研究院李飞负责，其他三省区业务负责人进行协助。

总结会为此次五省（区）联合开展的唐蕃古道考察活动画上了圆满的句号，也拉开了今后跨省（区）专题合作与研究的序幕。

拉萨总结会

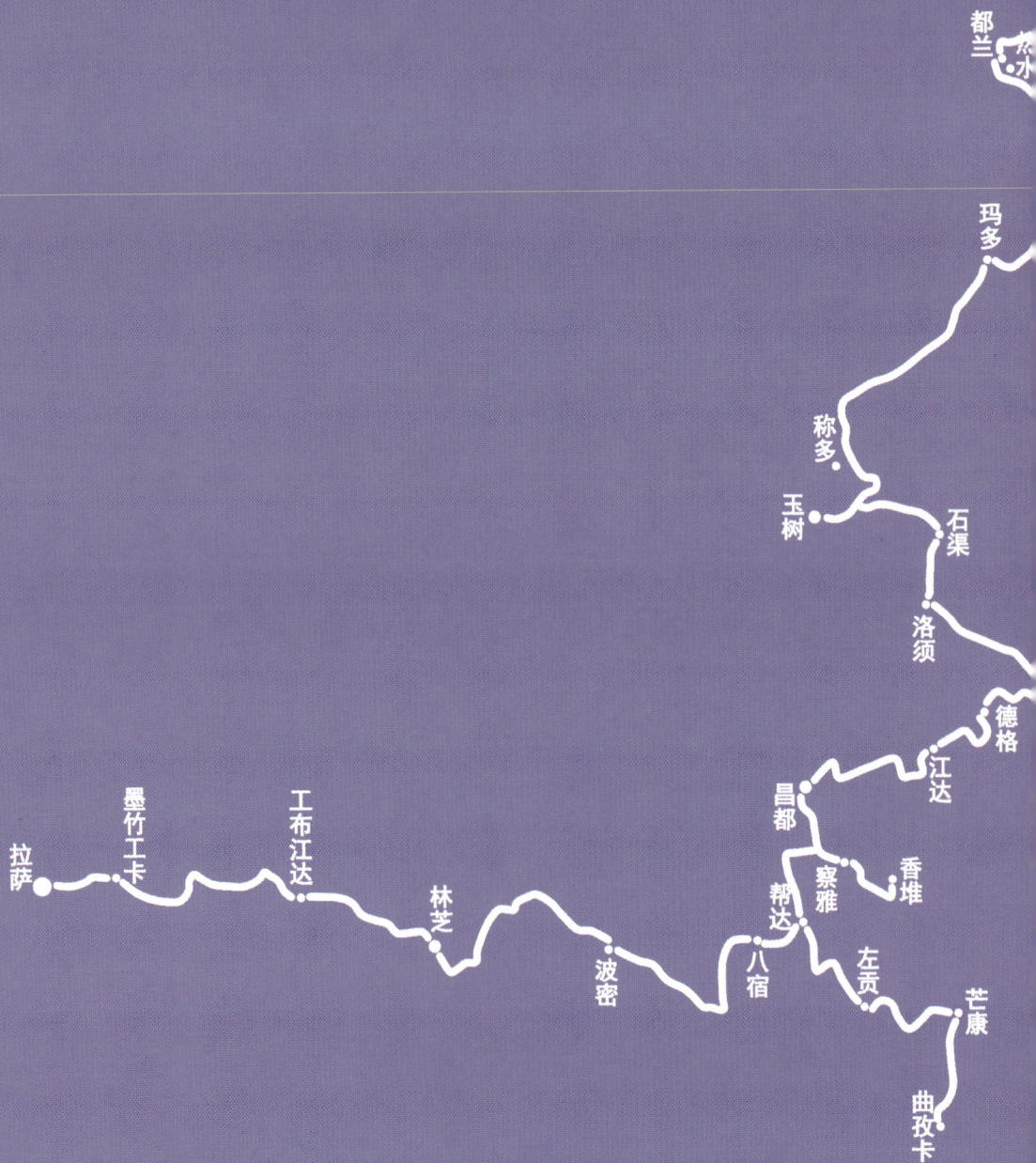

陕西　西安　大明宫丹凤门　出发前来个自拍

陕西　西安　大唐西市　好想再近一点

陕西　陇县　大震关　认真讲、随手记

甘肃　天水　麦积山　看到那边的塑像了吗

甘肃　天水　麦积山　抬头遮阳认真看、伸掌前指来请教

甘肃　永靖　炳灵寺　坐上快艇去看炳灵寺啦

甘肃　永靖　炳灵寺　这个特窟（169窟）有点高哟

青海　西宁　青海省文物考古研究所　库房虽小，值得跪拍

青海　湟源　柏林嘴古城　近水楼台、放羊也能收获古代遗物喔

青海　都兰　热水墓地哇沿水库墓区M23　听我给大家讲讲这墓底的盗扰情况

青海　都兰　察汗乌苏河谷深处　指点江山的"温总理"

青海　都兰　黑山古道　路怎么又没了呢

青海　玛多　河源之地　对面的女孩看过来

青海　玛多与称多之间　与古道上的明星山口合个影

青海　玉树　文成公主庙　为了拍张全景也是拼了

青海　玉树　文成公主庙　秀一把平衡力

244

四川　石渠　松格嘛呢　愉快的吃、愉快的记录

四川　石渠　松格嘛呢　抓羊的动作帅呆了

四川　石渠　须巴神山吐蕃摩崖佛教造像　比比咱俩谁拍得好

四川 石渠 洛须河谷 拍照必须摆个酷酷的pose才行

四川 石渠 洛须镇 旺布洞吐蕃墓葬地点 这座封堆极有可能是吐蕃墓喔

四川　石渠与西藏江达交界处　四川这边的佛像看完了,过江看西藏那边的去

四川　德格　德格印经院　考察也不忘秀一把爱猫的心

西藏　江达　埃拉山口　美女、美酒，啥也不说了，干

西藏　芒康　加达盐田　看，我捡到一块盐

西藏　芒康　盐井盐田　晒好的盐要这样收

西藏　波密　通麦　体验天险，小心翼翼

西藏　拉萨　布达拉宫　虔诚而愉快的转经老奶奶，必须偷拍一张

西藏　拉萨　布达拉宫金顶　唐蕃古道考察，1984年的参与者与2014年的领队，纪念意义不一般

西藏　拉萨　拉萨河边　考察结束，众星捧月，张队长辛苦啦

西藏拉萨　拉萨河岸　考察圆满结束, 必须认真来个集体照纪念一下

参考文献

（一）历史文献

1.《旧唐书》

2.《新唐书》

3.《元和郡县图志》

4.《唐六典》

5.《通典》

6.《资治通鉴》

7.《青唐录》

8.《全唐文》

9.《方舆纪要》

（二）综合性成果

1. 张维：《陇右金石录》，民国三十二年甘肃省文献征集委员会校印。

2. 王尧：《吐蕃金石录》，文物出版社，1982年。

3. ［日］佐藤长著、梁今知译：《清代唐代青海拉萨间的道程》，青海省博物馆筹备处，1983年。

4. 陈小平：《唐蕃古道史料辑（上、中、下）》，青海省博物馆，1987年。

5. 卢耀光主编：《唐蕃古道考察记》，陕西旅游出版社，1989年。

6.陈小平：《唐蕃古道》，三秦出版社，1989年。

7.谢佐等：《青海金石录》，青海人民出版社，1993年。

8.《唐蕃古道志》编写组编：《唐蕃古道志——资料选编》，青海省博物馆。

（三）研究论著

1.任乃强：《唐蕃舅甥和盟碑考》，《康导月刊》第5卷7、8期，1943年。

2.佐藤长：《唐蕃会盟碑研究》，《东洋史研究》通卷第10卷第4号，1949年。

3.王尧：《恩兰·达扎路恭纪功碑》，《社会科学战线》1981年4期。

4.马建新：《道格尔古碑初探》，《西北民族大学学报（哲学社会科学版）》1982年2期。

5.李智信：《青海古城考释》，西北大学出版社，1995年。

6.魏文斌、吴荭：《炳灵寺石窟的唐蕃关系史料》，《敦煌研究》2001年1期。

7.杨军辉：《关于唐大震关的几个问题》，《甘肃农业》2006年6期。

8.李并成：《炳灵寺石窟与丝绸之路东段五条干道》，《敦煌研究》2010年2期。

9.苏海洋、雍际春、晏波、尤晓妮：《唐蕃古道大震关至鄯城段走向新考》，《青海民族大学学报（社会科学版）》2011年3期。

10.李宗俊：《唐代石堡城、赤岭位置及唐蕃古道再考》，《民族研究》2011年6期。

11.刘满：《凤林津、凤林关位置及其交通路线考》，《敦煌学辑刊》2013年1期。

12.李国华：《吐谷浑遗存的初步探索》，《中国人民大学考古学科建立十周年纪念文集：北方民族考古》第一辑，科学出版社，2014年。

（四）考古资料

1.黄盛璋、方永：《吐谷浑故都——伏俟城发现记》，《考古》1962年8期。

2.西藏自治区文物管理委员会：《西藏昌都卡若遗址试掘简报》，《文物》1979年9期。

3.青海省文物管理处考古队等编：《青海柳湾——乐都柳湾原始社会墓地》，文物出版社，1984年。

4.西藏自治区文物管理委员会、四川大学历史系：《昌都卡若》，文物出版社，1985年。

5. 西藏文管会文物普查队：《拉萨查拉鲁普石窟调查简报》，《文物》1985年9期。

6. 张仲立：《西藏地区的碑石及其渊源浅探》，《文博》1987年5期。

7. 西藏自治区文物管理委员会文物普查队：《西藏小恩达新石器时代遗址试掘简报》，《考古与文物》1990年1期。

8. 张仲立：《西藏早期寺院中心拉康建筑布局分期》，《文博》1990年2期。

9. 许新国：《露斯沟摩崖石刻图像考》，《青海社会科学》1994年2期。

10. 宿白：《藏传佛教寺院考古》，文物出版社，1996年。

11. 汤惠生：《青海玉树地区唐代佛教摩崖考述》，《中国藏学》1998年1期。

12. 施爱民：《肃南大长岭吐蕃文物出土记》，《丝绸之路》1999年S1期。

13. 许新国：《寻找遗失的"王国"——都兰古墓的发现与发掘》，《柴达木开发研究》2001年2期。

14. 中国社会科学院考古研究所甘青工作队、青海省文物考古研究所：《青海民和县喇家遗址2000年发掘简报》，《考古》2002年12期。

15. 霍巍：《吐蕃第一窟——拉萨市药王山札那路浦石窟的几个问题》，《考古与文物》2003年1期。

16. 北京大学考古文博学院、青海省文物考古研究所：《都兰吐蕃墓》，科学出版社，2005年1月。

17. 石硕：《雅砻江源的奇观——石渠松格嘛呢石经城》，《四川文物》2005年1期。

18. 夏格旺堆、普智：《西藏考古工作40年》，《中国藏学》2005年3期。

19. 故宫博物院、四川省文物考古研究院：《四川石渠县松格嘛呢石经城调查简报》，《四川文物》2006年2期。

20. 故宫博物院、四川省文物考古研究院：《四川石渠县洛须"照阿拉姆"摩崖石刻》，《四川文物》2006年3期。

21. 中国社会科学院考古研究所、西安市大明宫遗址区改造保护领导小组：《唐大明宫遗址考古发现与研究》，文物出版社，2007年。

22. 林梅村：《试论唐蕃古道》，《藏学学刊》，2007年。

23. 前园实知雄：《中国青海乌蘭の仏塔——いわゆる希里溝瞭望台について》，《考古学に学ぶ Ⅲ》，同志社大学考古学シリーズⅨ，二〇〇七年七月十日発行。

24. 西藏自治区文物保护研究所、陕西省考古研究院、四川省文物考古研究院：《西藏自治区昌都地区芒康县盐井盐田调查报告》，《南方文物》2010年1期。

25. 张宝玺：《炳灵寺石窟》，载《永靖炳灵寺石窟研究文集》，甘肃文化出版社，2011年。

26. 西藏自治区文物保护研究所、陕西省考古研究院：《查果西沟摩崖造像2009年考古调查简报》，《考古与文物》2012年3期。

27. 张建林、席琳：《芒康、察雅吐蕃佛教石刻造像》，载樊锦诗主编、敦煌研究院编《敦煌研究院学术文库：敦煌吐蕃统治时期石窟与藏传佛教艺术研究》，读者出版集团、甘肃教育出版社，2012年。

28. 四川省文物考古研究院、石渠县文化局：《四川石渠县新发现吐蕃石刻群调查简报》，《四川文物》2013年6期。

29. 西藏自治区文物保护研究所：《西藏工布江达县洛哇旁卡摩崖造像考古调查简报》，《考古与文物》2014年6期。

30. 青海省文物考古研究所、陕西省考古研究院：《青海都兰热水哇沿水库考古发掘》，中国文物信息网十大考古新发现专栏，2015年2月11日。

31. 乔红、张长虹、蔡林海、马春燕：《青海玉树三江源地区史前文化与吐蕃文化考古的新篇章》，《青海日报》2015年4月17日第15版（史前时期的文化遗存）、2015年4月24日第11版（吐蕃时期的文化遗存）。

后　记

2012年，我院西部考古探险中心策划实施的蜀道之米仓道考古探险，取得了自开展考古探险活动以来的空前成功。经过近10年的不懈努力，考古探险中心也渐渐为更多的人所知道，开始有机构和专家向我们询问探险中心的运作方式并探讨合作的可能性。正是在此背景下，2013年，在一个学术研讨会上，见到好友张建林先生。虽然平常见面不多，但刚寒暄几句，他就饶有兴趣地问起了西部考古探险中心的近况，随后就提议由我们探险中心牵头，联合陕甘青藏几省（区）考古院（所）共同做一次唐蕃古道综合考古调查。大家知道，张建林先生是当今最著名的西藏考古大家之一，他对这条著名古道那引人入胜的描述以及对考察意义的透彻分析，深深地吸引了我，我几乎立即就同意了，由我院来牵头，联系沿路几个省（区）考古院（所），开始着手筹备此事。

可能是我们的探险中心已小有名气，也可能是相邻几省（区）平常友好来往就多，更重要的还是建林先生的人格魅力，事情比想像得还要顺利，大家都积极响应，出钱出人出物都没问题，各院（所）也很快讨论通过此项目，很快就成立了筹备小组。到2013年下半年还在成都召开了一次专门会议，最终决定2014年夏天成行。我院也把这次考察当成探险中心成立10周年的一次纪念活动。我原本打算全程参加，但因单位有事脱不开身，只参加了西安的出发仪式和四川境内的考察活动，深感遗憾。拜方便的现代通讯之福，我几乎每一天都能分享到他们的欢乐与艰辛。

考察的收获已在前述，我没必要也没资格重复。我想在此指出的是：第一，张建林先生，即这次考察的业务总主持、总负责。正是在他丰富的知识的指导下，考察得以在学术上收获满满，也是借助他多年在西藏野外工作的经验，考察队在考察过程中的吃住行都做到了相对条件下的最好，尤其是在野外的多次逢凶化吉，整个队伍基本安全到达目的地。大部队能够长时间在高原野外考察并安全返回，与领队的精心策划、日夜操劳、辛勤付出有直接关系。第二，各院（所）的通力合作。这次野外考察，数十人参与，历时一个月，穿越具有世界屋脊之称的青藏高原，里程长达数千公里，若没有各个单位的精诚合作，不仅派出精兵强将，还作为坚强后盾，提供了强有力的学术支撑和后勤保障，且不说完成既定目标任务，连时间的控制和安全的保证都很困难，而考察团不但按时安全返回各自单位，而且还取得了丰硕的成果，实属不易。第三，考察队员的努力和团结。来自国内外多家科研机构的几十名专业人员，各司其职、各尽所能，互相帮助，取长补短，齐心协力做好考察的学术和后勤工作，也是本次考察得以成功的重要因素。考察期间，我也听说了不少发生在考察队员间的感人的故事。

说到我们院的收获的话，最大也最难得的就是积累了组织跨省区考古探险的经验。我院考古探险中心成立较早，开展活动也较多，在此次考察前已组织了几次探险活动，但几乎都在省内考察，偶尔出省半天一天，活动时长也就十天左右。此次唐蕃古道考察的经历，为我们以后跨省区的考古探险活动的组织、协调、策划、实施都提供了一个成功的范例。

我还想指出，本书编排，无论方式、内容还是质量，都与此前我们出版的几本考古探险书有很大的不同，以8个字概括：形式新颖，质量上乘。如果参与单位和读者也认同我的看法的话，首先要感谢考察队员李飞和席琳两位青年才俊为编本书的辛勤付出，其次要感谢出版社对本书的高度重视和责任编辑的认真、负责。

最后，感谢所有考察队员，感谢参与考察的各省（区）院（所）、沿途相关配合协力单位的大力支持。

成绩共有，荣誉共享，友谊长存。

四川省文物考古研究院院长

高大伦

2017年3月5日于成都